U0677518

寻光而去

刘占龙 —— 著

中国华侨出版社
北京

图书在版编目（CIP）数据

寻光而去 / 刘占龙著 .—北京：中国华侨出版社，
2018.3

ISBN 978-7-5113-7500-1

Ⅰ.①寻… Ⅱ.①刘… Ⅲ.①随笔—作品集—中国—当代
Ⅳ.① I267.1

中国版本图书馆 CIP 数据核字（2018）第 023548 号

寻光而去

著　　者 / 刘占龙

责任编辑 / 桑梦娟

责任校对 / 孙　丽

经　　销 / 新华书店

开　　本 / 880 毫米 × 1230 毫米　1/32　印张 / 8　字数 /178 千字

印　　刷 / 北京溢漾印刷有限公司

版　　次 / 2018 年 3 月第 1 版　2018 年 3 月第 1 次印刷

书　　号 / ISBN 978-7-5113-7500-1

定　　价 / 32.00 元

中国华侨出版社　北京市朝阳区静安里 26 号通成达大厦 3 层　邮编：100028

法律顾问：陈鹰律师事务所

编辑部：（010）64443056　　64443979

发行部：（010）64443051　传真：（010）64439708

网　址：www.oveaschin.com

E-mail：oveaschin@sina.com

－ 推荐序 点亮心灯 －

伍剑

　　人生的道路是一条曲曲折折的山路，你能回顾过去，却永远无法预测到未来。有时前方看似是一条平坦的大道，可等你走近却陡然会出现令人眩晕的万丈深渊，四周也顿时变得黑暗起来；这时你会惊恐，会彷徨，甚至会退却，好像一下失去了所有。如果突然在前面出现一丝，哪怕是萤火虫似的灯火，你的心一定会静下来。

　　刘占龙老师的这本散文集《寻光而去》就是那萤火虫似的灯火。

　　我和刘占龙老师认识很久，知道他是一名教师，而且是很有成就的教师，也参与一些报纸杂志的编辑工作。但读刘占龙的文章不多，而真正读到刘占龙的文章是在我主编《琴台》丛书的时候。刘占龙给我投来一篇《旅豫留痕》的小说，读完文章不仅感到文辞优美，情深义重，更主要的是文章中充满了盈盈的正能量，于是留用出版。

这次读刘占龙的散文集《寻光而去》，更让人如同走进了一个色彩斑斓的五彩世界。文章浅浅道来，看似平淡，细细品味则似乎感到这是作者用心在交谈的细语。我读到青藤爬满窗棂，绿叶穿起的风铃，在旷野中摇曳；我读到在辽阔的北方平原上，那狂风中的漫步；我更读到不管世事如何变换，默默地感知，默默地理解，默默地在心里的祝福。

《寻光而去》共分六辑，每一辑一个主题，其中每一篇文章都表现出一种"感性体验"，同时又包含着理性思辨。刘占龙的"感性体验"发自对身边世俗人情的领略和体悟，并娓娓道来，又以中国传统文化的影响，导入审美，形成了一种走出困扰的使命意识。刘占龙的散文把描写山川河流，一花一木，一人一物都和个人情感融为一体，你从他的笔端可以看到那些隐含着更深层次的文化意义——中华传统文化的内核。"我望着眼前这位聪慧、淳朴、善良的小姑娘，猛然想到了民间的那句老话：孩子，就是妈妈的影子！"（摘录自《孩子，就是妈妈的影子》）"它不给自己留下一丝一毫的遗产，整个身躯全部奉献给人类……"（摘录自《棉之断想》）

刘占龙的散文有着哲学般的思辨，更有着丰富的内涵，这都是导源于他的正直为人，他的情怀。去年，当我第一次见到刘占龙老师，我就被他的质朴正直所感染。正如著名散文家柯灵说的：“寸楮片纸，却足以熔冶感性的浓度，知性的密度，哲学的亮度，一卷在手，随兴浏览，如清风扑面，明月当头，良朋在座，灯火照人。”

20世纪五六十年代出生的作家都具有一个共同的特点，可谓是生于忧患，长于动乱，成熟于奋起。他们接触到社会的最底层，所以，他们肩上背负着太多的责任，于是，才有了这代作家的使命感和历史感。我喜欢孙犁和杨朔的散文，虽然文中留有较强的时代烙印，但也具有独特的意义。刘占龙的散文，颇有孙犁风格，他并不是对景物进行僵死的白描，而是把现实作为一条奔腾不息的涓涓小溪，用心去品评，去呵护。

辽阔的北方平原造就刘占龙，所以，刘占龙的散文又有别于孙犁散文的细腻，而且粗犷豪放，如他在《情倾雨后》中的描写，那“团团的黑云上升着，白亮起来。突然，从刚刚裂开的缝隙间，一道斜长的光柱从东南方向直射过来。顿时，房屋、树木、花草一切像是镀上了一层薄金，泛着耀眼的光……”这些描写自然，没有雕饰，呈给读者的是一段清爽而豪气的酒香，故而显得浓郁醇厚。

散文就在于情，读着刘占龙的散文，仿佛在和一位朋友走在路上，边走边聊。他的散文是用真情写意人生。其实，我更要说的是，那一篇篇墨香的文字，并不是灯火，而是微弱的萤火虫举着的一盏心灯，虽然并不光亮，但不管潮起潮落，人生冷暖，他都在那儿亮着，让你似乎能明白什么……

目录 contents

01

点亮你的心灯

02

拥抱世间的美好

03

隐形的翅膀

04

放飞梦的羽翼

05 / 做一颗流星

06 / 人生需要留点空白

01

点亮你的心灯

－ 美丽的背后 －

但凡到过海边的人，没有不被那浪花的美丽所折服的。

有时，金灿灿的阳光下，海波涟涟，浮光跃金；有时，波涛滚滚，夹杂着哗哗的水声，勇猛地撞向岸边的岩石，让自己粉身碎骨，化成金花玉叶；有时，汹涌澎湃的海浪，卷起万丈狂澜，发出震耳欲聋的轰鸣声，然后手挽着手，一浪高过一浪，冲向浩瀚的高空。它要追逐那翱翔的海燕，与之玩耍、嬉戏；它要际会那悠闲自在的白云，惬意地徜徉在蓝天的怀抱……

这样的美景，你几时见过？有谁不会由衷地赞叹呢？可你在感慨大海浪花美的同时，是否想到在这美的背后是什么力量又默默地成就了这样的美？

春天，当你漫步在空旷的原野或辽阔的海滩上，你就会见到男男女女，老老少少，穿着各色艳丽服饰的人，手握线拐，放飞那美丽的风筝：有红色的金鱼，像是在湛蓝的海水中，摇头摆尾，缓缓飘动；有深黑色的蛟龙，拖着长长的身子，在明澈的海水中上下搅动；有灰褐色的雄鹰，展开双翅，在蓝天下自由自在地盘旋……

风筝飘在空中，为尽情地展示自己而大放异彩，看到这样的美景，难道你那颗火热的心不躁动？不心驰神往？你不为它们的悠闲、自在而心花怒放？它们不知道吸引过多少人的目光，不知道得到过多少人的啧啧称赞，可你是否想过，它们居然能够这般美丽的背后是否还有更加美丽的东西在默默地奉献着？

一场阴雨过后，一轮火红的太阳拨开云雾，放射出更加耀眼的光芒。天空格外的蓝，犹如一块刚刚用水洗过的硕大的蓝宝石，透明，放射着莹莹的光。空气格外清新，犹如用雨水滤过，人们呼吸起来，似乎有一股甘甜的气味在里面，神清气爽。人们都从户内走出来，尽情地享受着这湿漉漉的阳光，享受着这甘甜的雨露。小草也打了精神，花儿也张开了笑脸，就连草丛里的蝈蝈都亮开了翅膀，池塘里的青蛙都张开了大嘴巴，呱呱鼓鸣……

这样的美景，当然得益于一场大雨。可当人们享受这大自然的恩赐时，有谁想到了这美丽的背后呢？不求取谁的赞美，不为博谁的眼球，躲在高尚的背后，默默无闻地奉献着自己的一切。不邀功，不请赏，竟能有这样超凡脱俗的气度，究竟又是谁呢？

春暖花开，当游人享受那"吹面不寒杨柳风"时，茫茫的大草原上，当牧羊人手握皮鞭，欣喜那"风吹草底见牛羊"时，不能不让人联想到那摸不着看不见、劳苦功高的风。那么，浪花、风筝、雨后美丽的背后不也同样如此吗？

没有风，就不会有浪花的飞溅；没有风，就不会有风筝高翔；没有风，也不会有雨后的明丽。美丽的背后暗藏着更加美丽，高大的背后站着更加高大。英雄，当然值得令人敬佩，而英雄背后的英雄更加令人敬仰。他不需任何粉饰，默默无闻，只有奉献，没有任何索取，甘当无名英雄，风，恰恰就是这样的一位。这就是伟大，我感慨这样的伟大！

－ 情倾雨后 －

淅淅沥沥的小雨一连下了几日，今早，总算停了下来。

团团的黑云上升着，白亮起来。突然，从刚刚裂开的缝隙间，一道斜长的光柱从东南方向直射过来。顿时，房屋、树木、花草一切像是镀上了一层薄金，泛着耀眼的光。此时，真让人赏心悦目，其乐无穷啊！

趁着昨夜值班，我一早独自散步在学校的操场上。空旷的操场，给我一人独享这么大的空间，所以，内心里不再感到沉闷和压抑。使劲儿地伸了伸懒腰，打了个哈欠。

"唧唧""啾啾"几只无名的小鸟蹲在校园周围的树丫上，伸长了脖子，歪着头，欢快地向我问着"早安"。我的视线既而也被这鸟的鸣叫声，牵到了学校的西大门旁边那几株垂柳之上。

　　院子里静得很，她们好像特地为我敞开喉咙。于是，我兴趣十足地奔了过去。她们见我这个不速之客渐近而来，扑棱棱展开双翅飞走了，含羞地躲进了较远的一棵大树中。留下的却是一幅更加奇特的美景：树上缀满了晶莹的雨珠，挺直的干上、柔软的枝条上、狭长的叶尖上……小雨珠圆圆的，亮亮的，在阳光的照射下，金灿灿的，犹如千千万万个小太阳，放射着耀眼的光。

　　一阵风，把树叶吹得簌簌作响。意外地，这些小雨珠并未脱离孕育它的母体，仍然趴在上面，滚来滚去。当你用手轻轻地摇晃几下，那雨珠便"哗啦哗啦"滚落。阳光下，像千万颗珍珠撒下来，一眨眼，钻进了泥土里。原来，它滋润着大地，滋润着地上所有的生灵，该发芽的发芽，该开花的开花，该结果的结果，顺应时令，一点都不耽误。让你顿时感到恍然大悟"呀，怪不得小花这样香，小草这样绿呢！"

　　倏忽间，一股浓郁的花香扑入我的鼻内。这时，我才知道自己已立足于花池边了。花池里一些晶莹的小雨珠有的躺在绿叶上，有的睡在花蕊儿里，闪闪发亮。花，更引人注目，五颜六色，竞相开放。你瞧：蝴蝶梅长着几片丰满红润的花瓣，再加上躺着的星星点点、错落有致的小雨珠，微风下，仿佛真的是一只只美丽的花蝴蝶在翩翩起舞。扫竹梅亭亭玉立，组成的碗底大小的花朵，红的似火，白的如玉。再看那棱角分明的花瓣儿，如同经过能工巧匠精雕细刻过，玲珑剔透。陪衬它的绿叶，也不感到自己缺乏色彩，坚毅地向外舒展着，展示自己勃勃的生机。花丛中，无数的小蜜蜂嗡嗡地飞来飞去，有的躺在花蕊里不住地打着滚儿，老早就要酝酿这香甜的梦。蝴蝶在花间一会儿落在花朵上，俏丽地摆动着两只翅膀，一会儿飞起来翩翩起舞，铸就了人间一道亮丽的风景。

我，如同走进了一个色彩斑斓的童话世界，完全陶醉于这美好的情境中了。此时此刻，怎能不让我心旷神怡，展开联想的翅膀呢？

再过半个时辰，就是教师上班，学生上学的时候了。相信他们，也一定会和我一样——有所领悟，有所收获。

- 小溪，定将点亮我的遐思 -

当你的脚步踏进深山绿林时，你是否注意到你的脚下，有一股股涓涓细流在枯叶下汩汩地流淌？你是否见到了一个个奔腾的小溪从你身边流过？

高山上的泉眼，那是它生命的摇篮。它顽强，不屈不挠，会绕过高山峻岭，穿过沃野草丝，越过横卧在它前面的树木、杂草、石块。隐没在丛林、山涧之中，行走于人迹罕至的地方，最后一直流入江河，汇入大海。

小溪，我崇敬你，在深山老林里，你总会使干涸的大地变得湿润。溪边的树木会变得更加茂密、遒劲，郁郁苍苍，焕发出勃勃生机。小草也不寂寞，都比赛似的钻出石缝，见到了光明。它们谁也不让着谁，漫山遍野，满眼青翠，放射着油油的绿光。

草丛中，野花星星点点，遍布于此，这一丛那一簇，竞相开放。花朵金铸玉雕，色彩欲滴。缕缕花香迷漫，不知醉倒了山间多少生灵！细细看去，这遍地的花朵，多像布满天空的星星啊，眼睛一眨一眨地放射出五颜六色的光芒。

这美景，是大自然的杰作，巧夺天工。如同一幅多彩的油画。试想，这些植物也是一个生命体，生长在大地上，是大地母亲给予它们生命，是小溪这甘甜的乳汁喂养它们长大，开花，结果。小溪，这给予植物的情分，难道还薄吗？

深山老林中，小兔子口渴了，会从不同的地方聚拢来，站在溪边喝个够。吃饱了的大黑熊，也会不停地扭着屁股，走到这里来饮水。梅花鹿喝完水，还会长时间地冲着溪水的影子一动不动，不知是在望着小溪中的自己感到陌生，还是陶醉在这静寂、清澈的溪水中？

炎热的夏天，挥汗如雨。酷热难耐的野猪妈妈，领着自己的宝贝，从远处跑来，喝下这清澈的泉水，然后再到里边打上几个滚，伸伸懒腰，尽情地享受这小溪的清凉。

树上，那些忽飞忽落的山鸡、画眉、百灵……有的舞着彩色的羽扇,有的展开美丽的剪尾,"叽叽喳喳"地飞到这里来喝水。小溪旁,简直成了大山里动物的休练场、栖息地。

小溪慷慨,从不吝啬,宁肯自己顶着烈日暴晒枯干龟裂的压力,也要无私地把自己的乳汁全部奉献给这大山里的精灵,令它们茁壮成长。这是一种怎样的情怀啊,难道还不令人动容吗?

采山的叔叔阿姨们,中午吃完饭口渴了,也会找到小溪这里来,扒开周边的草丛,用手捧上清水,咕咚咕咚喝个痛快。山上种葡萄的大妈,热了,也要到这里来,洗把脸,立刻便会神清气爽。看山的老爷爷,有时会拿着网兜,到小溪里捞小鱼、小虾,回去放在锅里煮上,原汤化原食,再美美地喝上二两小烧,岂不美哉?

因而,我又想到了长江、黄河。从古到今,世世代代,多少中华民族的儿女啊,不是在您的哺育下,繁衍生息?这里,有小溪的身影,有小溪的功劳,是千千万万个小溪团结互助、心心相印的结晶啊!

夜晚,当你来到大山,身处绿树的怀抱,你更会对小溪有不一样的感觉。它清澈得如同一面明镜,俯下身子,你会清晰地见到水下那一轮圆月,明亮、皎洁、盈润。再看看水中的自己,大有月下花前、虚幻朦胧之感。

旋即，泉水叮咚，小溪继续奔腾地向前流淌。山间的丛林里，忽然又传出了阵阵嘤嘤的鸟鸣；池塘里，响起了呱呱的蛙鼓；草丛里，又传出了蝈蝈"蝈蝈"的叫声。各种声音，在小溪上空交织在一起，犹如一曲巨大的交响乐，大有"月出惊山鸟，时鸣春涧中"之壮观。

当你行走在小溪边，你的倩影倒映在水中。你走，影也走；你停，影也停。墨蓝色的天空，好像也一下子落到了水底。白云也在水底浮动。看到这种迷离缥缈的景象，我一下子想到了南宋辛弃疾《生查子·独游雨岩》中"溪边照影行，天在清溪底"这样的佳句来，这不正是对此时小溪边美景的再现吗？

小溪，不但能给予别人实实在在需要的东西，也能给予人精神层面的享受。这月下清幽之美，怎能不让人心旷神怡？

小溪，不但恩泽花草树木，飞禽走兽。原来，也养育了我们这些生生不息的人类呀！小溪，面对你，我感动，情丝如缕，绵绵悠长，将你魂牵梦绕。小溪，你伟岸，定将点亮我的遐思，飞出大山，飞越草原，飞遍北国辽阔的黑土地……

－ 绿色庄园，地球上的一块活化石 －

　　出佳木斯城区往南走不远，就是佳南农场北大荒绿色庄园了。去年夏天，正好赶上孩子们都放假，我们一大家子人，乘车来到了这里，一睹庄园之风采。

　　到了庄园门口，我们下了车。一个木制的敞开大门立在那里，两边是用一尺见方的原色松木竖起来的，中间上面横着 5 米多长的方木。冲着公路上面的横木上，有一个浅黄色的标牌，上书 7 个苍劲有力的绿色大字：北大荒绿色庄园。往里走，便是用木料建成的一个长廊。再往里走，便是一条宽阔平坦的白色水泥路面。路两边，南北走向，便是一排排白色的塑料大棚，大棚里种植着各种各样的蔬菜和水果。每个大棚紧靠路口的一面都站着一两个人，把大棚里的东西采摘下来，放在摊位上，当场推荐大棚里的产品叫卖。让你目不暇接，看得眼花缭乱。

刚进大厅，路右边第一个大棚便是卖葡萄的。我们走到了大棚门口，葡萄园的男主人接待了我们。看样子50岁上下，黑胡茬，面带微笑，瓮声瓮气地说："买葡萄吗？这可是新摘下来的当地葡萄，你们尝尝鲜，不甜不要钱。"

"你这葡萄多少钱一斤啊？"我问。

"18块。"黑胡茬对答如流。我们都突然一愣，望着他半天没说出一句话来。他可能意识到了我们面部表情里所蕴含的意思，赶忙解释："别看贵，这叫绿玛瑙葡萄，这葡萄吃着放心，当地的，没打农药，没上化肥，更没用防腐剂。"

是啊，这葡萄的确有别于一般市场上卖的葡萄，长圆形的，大小如醉枣，绿而透明，在阳光的照射下发出莹莹的绿光。他用两个大号的镀金铁盆装着，放在一个长条案板上，盆里这一黄一绿，相互掩映，着实能起到提高食欲之效果。

"好是好，那也太贵了点儿，市场价，才9块钱呀！"妻子反驳道。

"哦，我说这是采摘价，你自己进去摘是这个价，如果单买我盆里的，12块就卖。"黑胡茬进一步解释。

"为什么要有这么大的差价呢？这不都一样的葡萄吗？"大女儿不解地问。

"这你就不懂了，你看我这葡萄都是一串串用剪子剪下来的，大小没遭损。你要是自己进去，哪个粒大你剪哪个，那我剩下来的小粒卖给谁呀？弄不好，你还得伤到我的树，那我的损失就大了。"他说的还真是这么个道理。

我怕伤害了它那正在哺育葡萄的树妈妈，说服了家里人，并没有进去。便在盆里买了几斤葡萄，继续往前走去。

不远，在一位女主人的再三推荐之下，我们进了一家蔬菜园。塑料大棚高3米多，宽20米，长足有50多米。进入里面，会让你的心立刻空旷起来。虽说是在棚内，但丝毫没有压抑之感。

这边，种植的全是茄子，紫色的茄秧两尺多高，一朵朵紫色的小花，躲过叶片的缝隙，露出了小半边脸。一个个油黑发亮的大茄子吊在秧的枝杈上，非常壮观。

那边种植的全是豆角，豆角秧长得更高，蔓子顺着竹竿全部爬在竹架上，叶子一顺向下平铺着，透过叶子的缝隙，你会看到那手指盖儿大小，或白或紫的小花时隐时现，就像那一只只亮晶晶的眼睛，一眨一眨的。你若稍微猫一下腰，就会发现那小刀一样绿色的豆角一嘟噜一嘟噜挂在蔓上。

顺着垄沟，再往前走，便是彩色的大辣椒。形状长得和以往见过的大辣椒并无二样。但颜色就特别了，除了绿色之外，还有红的、黄的、紫的，看上去让你心里一动，犹如大棚里挂着一盏一盏彩色的小灯笼。我不知道黑土地为什么会这样慷慨，毫无保留地把自己的智慧全部献给了人类，难道这就是人们所称颂的"大公无私""宽宏大度""鞠躬尽瘁"吗？

我们又饶有兴趣地往前参观了所有的大棚。

该吃中午饭了，这里的饭庄都设在大棚里，家家如此。一个个土搭的锅灶上面，盖着两扇能和对在一起的木制锅盖。旁边放着一个方桌，下面放置若干个小圆凳。做饭的厨师不用现请，都是自家主人。围坐在桌旁，你就如同走进了旧时的农村，原汁原味的，没有任何修饰和做作。旧时农村风俗的厚重在这里得到显现，你会感到有一股特有的泥土芳香沁入你的鼻内，你会感到有一种热情、质朴、温暖，随着血液在血管里奔腾，涌遍了全身。

这饭菜往桌子上端也是别具一格，有的用盘装，有的用碗装，还有的干脆用小盆端上来，放在桌子中间。这菜不用说，都是大棚内的，主人只管做饭。你若不同意，想从中找乐，干脆就自己动手，择菜、洗菜、做菜……主人只提供给你锅灶。不过，这价格是不能便宜的。因为，你就此体验到了原汁原味的农家风情，找到了野炊的感觉。

这不能不让我联想到了东北的风土人情和饮食文化，什么"铁锅炖"，什么"烩酸菜"，什么"烤羊排"……大碗喝酒，大块吃肉。东北地广人稀，天气寒冷。起初谁要是先落脚在这里，搭个棚子，支个大锅，几个人打成圈围，掀开锅就地解决，谁手快谁就多吃点，吃完嘴巴一抹了事。环境造就人，广阔孕育着广阔，热情孕育着热情。这种吃法不正蕴含着北方人的刚直、热情和豪爽吗？我不是研究饮食文化的专家，但我看得出它毕竟是绿色庄园特色的冰山一角。

吃完饭，离开了庄园，我的心似有所悟：这趟庄园之行总算没有白来，它让我大开了眼界，大长了见识，犹如地球上的一块活化石。脚踏在这块没有上过化肥的土地上，嘴吃着没有喷过农药的蔬菜，眼望着那漫无天际的青山绿水，实乃不负"绿色庄园"之美名。

－ 孩子，就是妈妈的影子 －

前些日子，外孙子患了感冒住进了医院。

我抱着孩子，女儿一手拿着住院单，一手拎着网兜，一同来到了佳木斯的儿童医院 6 号病房。推开虚掩着的门，见一位年轻的女患者，披件乳白色的衬衣，倚着床头，正在聚精会神地看书。床上铺着雪白的床单，被褥叠得方正，刚刚拖过的水磨石地面，油光锃亮。房间整齐而干净，无不给人舒适之感。

年轻的女患者见我们进来，赶紧放下书，起身便下了床，走到我身边，伸手就要抱孩子。女儿见状，一步蹿上去，连忙推谢："不必了，不必了，再说您……"

"哦，没关系的，我们都是病友，再说我马上就要出院了！"

病友？我的心不禁一颤，多么亲切的字眼儿啊！这字眼儿竟出自一个女青年之口，实在令人感动。现在的年轻人有几个人能做到这样？躲还躲不过来呢，我再次向她投去了赞许的目光。

女青年很善解人意，她从我的表情中，得知孩子不碍事，那张红润的脸很快又恢复了平静，脑袋一歪冲着我，甜甜地说："这样活动活动也许更好些，您看——"说着，用手指了指房间。

我先是一怔，马上意识到房间为何如此干净。陡然间，体内感到有一种不可遏制的力量在撞击。我稍加留意了她——十八九岁，眉清目秀，一笑，脸上便出现了两个甜甜的酒窝。女儿根本没理会这些，从我的手中接过孩子忙着安顿，女病友也借机凑过来，帮女儿料理东西。她首先把病床床单铺好，我又把被子铺上，拿起小扫帚扫了又扫。

"你看，怎么能劳驾您呢？"我急忙放下背包，歉意地向她就。

"这说哪去了，都有病住院，应该相互照顾才是。再说我们也算是缘分，全国上下十好几亿人口，就我们能凑到一块儿。要不谁能认识谁？"她这一番掏心窝子的话，说得我心里热乎乎的。于是，我们便各自打开了心里那道防线，成了朋友，无拘无束地攀谈了起来。

"你在哪里工作？"我试探性地问道。

"市农机局。"

"什么工种？"

"打字员。"

"工资还可以吧？"

"我每月才两千多块钱。"

我有些不解，根据现在的生活水准，这点钱肯定是低了点儿，于是，我便又追问了一句："咋那么低呢？"

噢，她听我这么一问，仍是歪着头，笑呵呵地望着我，那神态就好像怕我不相信似的："我们机关也年年有涨工资的指标，可妈妈总叮嘱我，年轻轻的多干点儿，评工资可千万别跟人家争。"

这话一下子触动了我的心事，前几年就因为教师晋级，没争到指标，和领导大吵了一场。有好几年见面不说话，就像仇人似的，我这心胸是多么狭窄啊，多么不应该呀！陡然间，我的脸红红的，火辣辣的，像是被人重重地打过一巴掌。

一会儿，这个小女孩像是想起了什么似的，惊讶地冲我叫了一声："叔叔，你是干什么工作的？"这回该轮到她问起我来了。

"你猜呢？"我头一歪，调皮地问。只见她瞪大了眼睛，也把头一歪，沉思了片刻，说："会计！"

"你怎么能猜出我是会计呢，我头上也没贴帖，我哪里像个会计？"我挑衅似的反问。小女孩判断出自己的猜测有误，急忙回答我："我是看你上衣兜里别了一支钢笔。"我惊讶，小女孩果然不凡，她居然能根据我的服饰来判断我的工种，虽说没猜对，但也让我暗暗佩服，我摇了摇头，说："不对！"

"那——？"她迟疑了一下，脱口而出："教师！"

"对，你真有眼力，他真是教师！"妻子心直口快，还没等我出声，便抢着回答。

谁知妻子话音刚落，她竟像发现了一块新大陆，惊喜地拍起手来："真巧，真巧，我妈妈也是教师。"

哟，真是心有灵犀一点通，我望着眼前这位聪慧、淳朴、善良的小姑娘，猛然想到了民间的那句老话：孩子，就是妈妈的影子！

是啊，母亲就是孩子的第一任老师。小女孩美好的行为正好印证了这些话的合理性。

－ 棉之断想 －

最近一段时间，不知什么原因，我深深地陷入了对棉的遐思之中，其程度可谓不能自拔。

棉，一种一年生或多年生草本植物或灌木，它与人们的生活息息相关，其贡献可谓无人不知、无人不晓。

棉开花的季节，当你站在棉田旁边，放眼望去，白茫茫一片，简直就是花的海洋。微风乍起，这海面上，时而微波荡漾，时而白浪滔天。花香扑鼻，沁人心脾。蜜蜂嗡嗡忙采蜜，蝴蝶翩翩起舞。此情此景，令人陶醉，有谁不会发出由衷的感慨呢？

棉成熟的时候，果实里会留下小小的棉籽，你可别小瞧它，它除了承袭传宗接代的伟业之外，还和大豆、花生一样，为人类奉献出整个身躯，榨出上好的油料，供人们食用。

棉的果实朴实无华，纤维呈白色。棉农把棉桃摘下后，剥去外面包裹的萼片，单见内里棉纤维细细的，一根根的，它不掺杂任何物质，花蕾的心灵深处洁白得如同一块玉。虽然长在泥土里，但不沾染一丁点儿的污浊，正如宋代周敦颐《爱莲说》中所言："出淤泥而不染，濯清涟而不妖。"这不也是棉的高风亮节吗？

棉絮柔和。你抓一把放在手里，软绵绵的，没有钢的坚硬，没有石块分明的棱角，一旦聚集在一起，要圆有圆，要方有方，它的体积可以随时压缩或膨胀，极具弹性，形成和谐之美。可它却有自己以柔克刚的能量，这种能量触角延伸到人世间各个角落。就如同我们生活中的用水，世上再没有比它更柔和的物质了。涓涓细流，可以滋润万物；小小的水滴可以穿透坚硬的顽石，这不都得益于它的柔吗？

棉的温暖，人所共知。几厘米厚的钢板，几十厘米厚的砖头墙壁都无法抵御寒风的侵入，而唯独棉，以其柔弱之躯却能完全抵挡住寒风利剑的侵袭。冬天，无论你走到哪里，无论寒气多么逼人，只要你穿上棉袄，就会安然无恙。是棉形成了一层摸不着看不见的空气隔离层，让身体的温度出不去，外部的寒气进不来，这不是棉的又一伟大之处吗？

果实中的棉纤维是重要的纺织原料，它在我们的生活中，对人类的益处几乎无处不在。它可以纺织成各种丝线，织成各种不同的布料。人们穿的衣服，盖的被子，窗子上用的挂帘，追根问祖，不都是棉的子孙吗？古代的壮锦，现代的刺绣，谁不仰慕它的美丽？它是用各种不同颜色不同规格的丝线编织而成，有高山峡谷，有小桥流水，有森林草地，有飞禽走兽……色彩纷呈，栩栩如生。当人们在享受这壮锦、刺绣美的同时，有谁想到了掩藏在其背后、默默无闻的棉呢？

它不给自己留下一丝一毫的遗产，整个身躯全部奉献给人类，鞠躬尽瘁、死而后已，这不正是启迪人生的，我所需要的东西吗？

— 是主人，就该行使权利 —

后天就是国庆节，我心在犯着嘀咕："该谁入队呢？"这是一个我新接手还不到两个月的班级，孩子又小，刚刚上二年级，好坏也看不出有多大差异。放学后，我独自一人留在空荡荡的教室里，在讲台前，低着头，时而踱步，时而停下来，一直在思考着这个问题。

哎，真是的，何苦伤这么大脑筋，自己定一下算了。我用眼睛瞟了一下讲台上的点名册，随手拿起来，打开，从前往后理了起来：王永？嗯，不错，虽说学习平平，可责任心很强，班里有点儿什么事，处处走在前面。我就此打住，兴奋地掏出给学生判分的红笔，在名字上重重画了个红圈儿，表示通过。

孔成玉？后排就座的大个子女同学。接手这段时间就没看出怎么样，是上学年的留级生。我没多想，把视线移到了下一个。

不大一会儿，我就把全班54名同学从头到尾理了一遍，最后一数，18个满意的红圈儿，星星点点布满了名册。

第二天，我刚刚来到教室，放下背包，门却突然敞开了："快，新队员名单呢？"这是一个急促的声音。

"呀！"我先是一愣，赶紧欠起身递过去，粗声粗气道，"选是选了，还没通过呢！"

"咋的？"大队辅导员霍老师一脚门里一脚门外，目光直直地刺过来，"这，这事……"

"这是自拉自唱！"我油腔滑调，冲着霍老师做了个鬼脸。霍老师不但没买账，还批评我说："你呀，老是拢着，这也不行，那也不行的。孩子们的事，就应该由孩子们自己去做嘛！而你，这可不行！"最后，霍老师又把名单推给了我，一甩袖子，退出了门外。

这一来，我可有点儿吃不住劲儿了，刚刚平静了的心又有些不安起来，再重选，没必要！反正名单都写完了，就这样吧！我刚想誊出一份来，留个底。殊不知，众学生"呼啦"一下蜂拥而至，把我团团围住。

"老师，啥叫自拉自唱啊！"

"老师——"

哎呀，真是哪壶不开提哪壶！我心绪有点乱，不过我还是尽量掩饰自己的窘态，装出一副若无其事的样子，摆了摆手："去去，一会儿上课就都知道啦！"

上课了，同学们依旧坐得端正，屏息静听。

"同学们，明天就是国庆节，学校大队部决定，我们二年级举行建队仪式。下面，我就把咱班可以首批入队的同学名单公布一下。"说完，我就一鼓作气，念完了 18 个同学的名字，然后环视了一下教室，闪烁其词："大家有没有意见，如果没有就鼓掌通过！"

——半晌，教室里鸦雀无声。我有些惊疑，刚想开口，企图打破这尴尬的局面，没承想那边却"唰"地站起来一个小个子同学——王鹏，红头涨脸的样子："老师，我看刘双来不行，他总不爱完成作业。"这把火点得不要紧，教室里立刻炸开了锅。

"老师，我看王永也不够，他仗着自己是班长，上自习课时，老用教鞭打人。"

"老师，米杰也不够，都上二年级了，有时还让他妈背着上学呢！"

"老师——"

我站在讲台前，耳根被灌得直痒痒，恰似挨了一发发重型炮弹，茫然不知所措，脸红一阵白一阵的。孩子虽小，但明白事理，能辨清是非曲直，能敞开心扉，不遮遮掩掩，明澈得如同一泓泉水，没有一丁点儿的污浊。他们不伪饰，不做作，敢说真话，就像《皇帝的新衣》里的那个小男孩儿，勇敢地说"不"。我感慨这些孩子的行为。在他们的身上，像是透露出一种无形的东西在升腾……

"咣咣咣"一阵急促的敲门声，将我从沉醉中惊醒。我有些心不在焉，拿起黑板擦使劲儿地拍了几下黑板，教室里立刻恢复了平静。我偏头伸颈，冲大家理了理蓬乱的头发，语音铿锵而缓慢："同学们，今天，倒是你们给我上了一堂生动的教育课。你们用实际行动回答了我，既然是主人，就完全有理由，有能力行使自己的权利。"我越说越激动，最后干脆扯开了嗓门儿："现在，我宣布由大家重新选举！"

"哗哗哗——"教室里立刻爆发出一阵雷鸣般的掌声。

站在讲台前，我有些茫然，心里如同涌起了滔天巨浪，翻江倒海。这是我走上讲台以来，第一次在学生面前献丑，这是我平生第一次狼狈地败给了一群涉世未深的孩子。真理是一块试金石，并不是因为你胳膊粗力气大，就站在你这边。心底无私，天地可鉴；童言无忌，后生可畏。民主不是大人的专利，孩子也有权利，这理应成为一个颠扑不破的真理。

- 要把目标定得近些再近些 -

谁也甭想一锹挖口井，谁也甭想一口吃个胖子，俗话说得好：路要靠一步一步地走，墙要靠一块砖一块砖地垒。心急吃不了热豆腐，猴急吃不了热汤面。凡事都得有个过程，不能人为地省略，该走的步数必须都得走到，要脚踏实地地走稳走好每一步。

最近，我在女儿家哄外孙就遇到了一件令人感兴趣的事儿，不能不让人玩味。女儿春节后孩子过了哺乳期，需要上班。外孙没人照看，正好赶上我在家闲着没啥大事儿，于是，看外孙这活儿就自然而然地落在了我的头上。哄孩子真还是个技术活，没方法太强硬可不行，没耐心太急躁也不行，不懂点小孩子脾气秉性更不行。好在我年轻时，哄大了自己的两个孩子，也算是我这个"男妈妈"为自己积累了点经验。

外孙子 8 个月大小，刚会"咿咿呀呀"地冒话。为了不让他哭闹，我把家中所有的玩具都通通拿出来放在床上，摆在他面前让他玩个够。外孙子玩完了这样玩那样，等一箱子玩具都玩完了，他的耐心也就逐渐消失殆尽了。

为了让他高兴不哭，我就不断变换着法子来哄他。先将一个他最喜欢玩的小布熊，放在了离他不足一米远的前面。他看到后，在床上弓起腰，两只手一前一后，往前一蹿，三下两下就能爬到小布熊的跟前，伸手去抓。我一看他没费什么劲儿，就轻而易举地抓到了小布熊，我又迅速地将小布熊往前挪了挪，结果他还是三下两下，又够到了。我又再次往前挪，几乎到了对面的床边，最后他还是没费吹灰之力，轻易抓到了。

从床头到床尾，一张 8 尺宽的床，我就这样挪来挪去。他也津津有味地从床的一侧爬到另一侧，如此往返了好多次。其间没歇一分一秒，看着他也根本没费多大劲儿，奔着小布熊这个目标，仍然颠着小屁股，蹬着小腿儿，乐颠颠地穷追不舍。当他把小布熊拿到手时，总是笑容满面地望着我，嘴里还不时"啊——啊——"地冲着我叫，很有成就感的样子。

我围着床边，来来往往，总是不站脚地把小布熊挪来挪去，时间一长，我就有点嫌麻烦。于是，我就改变了策略，先把小外孙放在床的一侧，然后再把小布熊放在床的另一侧，这样，小外孙和小布熊的距离尽可能地远了。对他来说，简直就是地球上的一个南极，一个北极。这次和上次显然不同，万万没有想到小外孙趴在那儿，一会儿瞅瞅我的脸，一会儿瞅瞅那个小布熊一动不动。似乎一点兴趣都没有，直接掉转头，往我身上爬，哭着闹着非让我抱。然后又用小手指着小布熊，嘴里"咿咿呀呀"地叫，那意思好像是让我抱着他去取。我推脱，把他放在床上，同样几次，他仍然是急转身，爬到我身上。

由此，我联想到了人生，每个人这一辈子，胸中都有个目标，有长远的目标，也要有近期目标。长远的，只是一个你为之奋斗的方向，这个方向不能盲从，不能好高骛远，要符合实际，适合你自己，这样才能脚踏实地，对实现目标稳操胜券。就像小外孙，一看我把这个小布熊放在了离他较远的地方，产生了"距离感"。于是，心里就没了底气，索性不往前奔，直接打了退堂鼓不爬了。

相对远景，近期的目标更为重要，因为他能让你消除"距离感"，随时看到希望，根本不用花费多大气力就能实现，稍稍努力便可实现。这样，你也就有了气力，有了奔头，心里也就没有了什么障碍。于是，你就会从一个高度走向另一个高度；你就会从一个胜利走向另一个胜利。最后，水到渠成，你会在不知不觉中自然而然地走向成功。

　　这就给予我们一个启示：人生要确立好自己奋斗的方向，在制定目标时，应尽可能地近些再近些！

02

拥抱世间的美好

－ 拥抱阳光，拥抱美丽 －

早晨起床，一人独自行进在楼旁的林荫小道上，鸟雀蹲在枝头，"叽叽喳喳"地叫着，别有一番情趣。

东方，圆圆的太阳，刚刚从地平线上探出头来，一纵一纵地，似母亲分娩后满脸挂着阵痛的喜悦，飞上一片温馨的橙红，释放出一缕幸福的灿烂。这灿烂，早把太阳锻炼成了一块硕大的玉，温润、晶莹、流光溢彩。

再看天边，早就雾似轻纱，霞光炫目。朦胧间，那云在动，一会儿变成了一只棕色的小鹿，四蹄腾空，在青青的草地上飞奔；一会儿又变成了一只红褐色的豹子，张开血盆大口，露出灰色的獠牙，扑向一只逃命的野兔；一会儿又变成了一只浅红色的狮子，摇头摆尾，像是在遥远的天边舞动着的雄狮……变幻莫测，妙趣横生。

朝霞，大自然的恩赐，鬼斧神工，无限美丽。它的美，即使是天下最出色的画师，也无法用颜料勾勒出来，令人望尘莫及；即使是天下最伟大的动画设计师，也无法用电脑演绎出它的动态来，令人瞠乎其后。朝霞，之所以谓"霞"，是因为它自己那块看似普普通通的云，敞开宽广的胸怀，拥抱了阳光，驱走了阴暗，因而迎来了世界满眼的笑靥。这不正应了宋代郭印笔下的"群目散愁容"吗？

再看草地，香雾空蒙，露珠闪烁。由于夜晚空气的潮湿，空旷的原野，每一棵小草都凝结着一颗圆圆的小露珠，如莹莹的珍珠，似闪亮的玛瑙。又如同无数只亮晶晶的小眼睛，望着清早这空旷的原野，不停地眨呀眨呀！它要尽情地享受大自然给予的美好，它要倾其所能，把太阳的光和热折射，不留遗憾，无愧终生。小小的露珠，虽说它诞生于黑夜，但它耀目于白昼。我感慨这大自然的匠心独运，把这美无私地奉献给了人类。

一个时辰以后，一场蒙蒙细雨刚过，天边却神奇地出现了一道彩虹。我知道：这彩虹当然是阳光照射空中的小水滴时，光线被折射及反射而形成的一种光学现象。这种光学现象，实在令人赏心悦目。彩虹是由赤橙黄绿青蓝紫——七种颜色构成，不是混浊在一起，而是层次分明，构成了一道拱形的彩桥。那桥，令人为之一振，神清气爽，心中立刻撑起了一片湛蓝的晴空；那桥，令人心驰神往，浮想联翩，心里陡然想起了牛郎织女这样传承了多少代的美丽故事。

我想：它一定是人类通往天庭的唯一的桥，这桥，谁不想登上，让自己的视野更宽阔，饱览世外的风景，演绎自己人生的浪漫？谁不感慨人间这"雾雨当空飞彩虹"的绮丽？

行进在林荫小路上，从朝霞、露珠和彩虹的身上，我忽然悟出了一个道理：谁拥抱了阳光，谁就会拥有美丽！此时，我的心也蓄满了大把大把的阳光，透过雨后这潮湿的空气，心中陡然也升腾起了一道彩虹。我知道，这彩虹，不也是因为它拥有了太阳光的折射吗？

– 向往冰晶花的美 –

对于生活在南方的人，对冬天结冰下雪这种自然现象，肯定有点陌生。可我是土生土长的北方人，所以，对冰雪很是熟悉。

冬天一到，寒风凛冽，北方就会滴水成冰，漫天飞舞着雪花。这种景象并不是天天都能让你享受得到的。只有在空气潮湿，阴云密布的时候，才能有机会观赏到它。可令人欣慰的是，那洁白的冰晶花，倒是让你天天都能够亲眼看见。

冰晶花，本是一种自然现象，它绽开在玻璃窗里面，美化着北方人的居家住所。

夜里，美美地睡上一宿，当你第二天早晨一觉醒来，曙色轻轻叩响了你窗棂的时候，你睁开眼，目光立刻就会捕捉到窗玻璃上那神奇的一幕——

　　一幅幅美景，定格出一块块奇葩，定会让你赏心悦目，心驰神往。这一块，是巍巍的山峦，奇峰罗列，怪石嶙峋。有的如同小鹿在草地上飞奔，有的如同大象在河边喝水，有的如同雄鹰在岩壁上展翅……你如同走进了神奇的幻境，无不给人一种"忽闻海上有仙山，山在虚天缥缈间"之感。

　　那一块是茂密的森林，遒劲挺拔，郁郁苍苍。再一细看，那树林都整齐地站成一排，伸枝长叶，似乎在微微地颤抖，焕发出勃勃的生机。我似乎听到了松林阵阵的涛声，听到了那夹杂着各种野兽隐隐约约的号叫。我长舒了一口气，似乎闻到了山林里那特有的缕缕馨香，滋养着我的鼻息，浸润着我的肺腑，恩泽着我的身心。顷刻间，让我有一种说不出的愉悦。

　　这一块，有的如同孔雀开屏，伸出漂亮的双翅，展开美丽的尾翼。有的如同七彩的山鸡，舞起了绚丽的长裙。还有的如同百灵鸟，站在枝头，头顶漂亮的羽冠，敞开了歌喉。美呀，这难道不是动物们的天堂？我似乎听到了那"叽叽""喳喳""啾啾"的鸟鸣，再伴随着远处的蛙鸣，简直就像是举行了一场特大的交响音乐会，在山林的上空回荡，令人陶醉。

那一块，如同滔滔的江河，洪流滚滚，金波粼粼。那汹涌的波浪犹如一头雄狮，抖着头上的鬃毛，在左右舞动。犹如下山的猛虎，张着血盆大口向你扑来。也犹如钻山越脊的猎豹，瞪着凶恶的眼睛，露出白光闪闪的獠牙，在追逐着一只雪白的野兔。

站在凉台上，蓦然让你有一种寒风侵肌之感。正如诗中所云："花开寒夜悄无声，清早窗前赏丽容。问君哪有巧如许，浑若妙笔绘精灵。"这样的美景，你几时见过？

冰晶花，从古到今，历代王朝不知有多少文人墨客为你而激情溅起千层浪，喷发出传世的佳句——唐代著名诗人岑参在《白雪歌送武判官归京》中早有诗云："忽如一夜春风来，千树万树梨花开。"宋代著名诗人杨万里在《观雪》中，也掷地有声："落尽琼花天不息，封他梅蕊玉无香。"……这些诗句，如缕缕欢歌余音绕梁，不绝于耳。

冰晶花啊，又有多少画家为你而挥毫泼墨？一时间，我都在怀疑是不是世界冰雪画大师们把他们最心仪的画作，搬到了我家窗棂上？是不是我国冰版画大师的大作镶嵌到这里？是不是我国剪纸大师把毕生一腔心血剪贴在这上面？这样的结论，我真的不敢说。

但是，我敢肯定的是，这样的美景是人类任何力量所不及的。这样的艺术，只有大自然才能够完成。它洁白，没有任何人为的色彩；

它返璞归真，没有人为的做作，不需要任何的粉饰，展示出了人类的那种原汁原味的美。于是，我亲近自然，我感佩这大自然的鬼斧神工。

站在玻璃窗前，我陶醉其中，自始至终，默不作声。努力从沉浸中解脱出来，想想自己：心无旁骛，情无迁移，诚心诚意地向往这种美！

– 美在瞬间 –

多少年来，我一直想找一个看昙花的好去处，但始终没能成行。

这次，机会终于来了。我的隔壁楼就住着一位年轻的男士导游，每两天发一个班次，组团去佳木斯附近的普阳农场花卉园去赏花。这个花卉园种植着几百种花草，其中，不乏昙花之类的珍贵品种。眼下正是昙花开放的季节，架不住昙花的诱惑，那天一大早，我就悄悄地随团上了车。

昙花是在夜间开放，花期从开到谢，也就只有短短的几个小时。若是事先没有准备，一般人是不会有赏花的机会的。所以，我们那天在夜里 11 点左右，就被领队从隔壁的住处叫醒，来到带有玻璃顶棚的花房，都想亲眼看看昙花开放之风采。

　　"快，昙花开了。"人群里，不知谁大喊了一声。这时，大家都聚拢来，把目光集中到那一个个将要绽放的花蕾上。你瞧，那一个个长圆形的花蕾，一点一点地裂开。花瓣儿呈白色，等完全展开后，呈漏斗状，直径达 20 厘米。缕缕花香溢出，弥漫着整个花房，沁人心脾。

　　这时，我走近跟前的一朵，再细细观赏，这花简直就是用洁白的玉雕刻而成，温润，透明。整个花丛中，这一朵那一朵，全部点缀在绿色的海洋里。花朵千姿百态，有的昂着头，好像冲着你微笑；也有的好像害羞似的，微微低下头，妩媚嫣韵。再向上一看，一轮皎洁的圆月，挂在空中。月光如流水般透过顶棚的玻璃窗，射进花房，照在这迷人的昙花上，如同抹上了一层奶油，反射出淡淡的白光。怪不得古人常用"月下美人"来形容昙花的美，看来一点儿都不为过。

　　"夜静群芳皆睡去，昙花一现醉诗翁。"看着眼前那么多不同品种的花，都已慵懒地睡去，而唯独昙花一现，在绽放了短短的两三个小时之后，又慢慢地枯萎，归于平静。我算不上诗翁，但平时来了兴致，倒也能吟上几句。这不光是我，就是换上任何一个人，都会陶醉于其中。昙花开放时间之短，就注定了美在瞬间。这倒让我突然联想到了自己与著名作家伍剑先生不久前的一次短暂的邂逅。

那天凌晨 5 点，我突然在朋友圈里，看到了伍剑先生带着妻子和女儿，要坐飞机从武汉来哈尔滨之事。因为我们早就是笔友，在确定消息之后，我 7 点之前，和妻子坐大巴，从佳木斯匆匆赶往哈尔滨。

那日，本想中午和伍兄喝上几盅，好好展示一下东北人的豪爽。可在我们约定会面的站前宾馆，距离接头之前十几分钟，突然接到单位会计老父过世，让我立即赶回参加葬礼的不幸消息。我踌躇两难：一个是仰慕已久的笔友，一个是刚刚过世的老人。和伍兄虽然相隔几千里，但创造机会，总归还有见面的机会。可老人过世，天地相隔，失掉这个机会，就再也没有见面的可能。想伍兄也必是心胸豁达之人，于是就选择了后者，决定和伍兄见个面后，立即返回。

在哈市站前宾馆，我们相互寒暄几句，刚握上的手，甚至还没感觉到对方的体温，又放下。站在宾馆的大堂，嫂夫人举起手机，闪光灯忽闪了几下，留下了几张合影，我和妻子便匆匆离去，登上了返回老家的火车。

从见面到离开，不过短短的 10 分钟，却留下了永恒的回忆。

君子之交淡如水。这相遇，淡得不能再淡，离奇，具有传奇色彩。正如著名绘本画家几米所言："有的人与人之间的相遇就像是流星，瞬间迸发出令人羡慕的火花，却注定只是匆匆而过。"著名武侠小说作家古龙说过："纵然是一瞬间的相遇，也会迸发出令人炫目的火花。"我们俩的相会可谓短暂，但瞬间迸发出的火花，随着时间越来越久远，想必也一定会越发炫目，越发美丽。

在离别之前，伍兄随意问了我一句最近的创作情况，我兴致勃勃地告诉他："我用一个月的时间，就写了一本6万多字的童话书。"

"6万？"可他瞧我微微一笑，极认真地答道："我好几个月，才能写6万字。"一句话，让我幡然醒悟，慢工出细活，难怪伍兄每拿出一部作品都是精品，原来个个都是他经过精心打磨的结果啊！而我每拿出一个东西，都还带着粗糙的纹理，就要急着市。一句话，没差几个字，却含义不同，让我终生受用。正如女诗人席慕蓉所言："微微瞬间，你在一秒点穴，漫长永远，我用一生解穴。"伍兄这一秒的美丽，说不定能点燃我一生的灿烂。难道这不是真理的所在吗？

"快走吧，到时间了。"我突然被领队一声吆喝，从回忆之中回到了现实。

谁也不愿意马上离开这里,谁都想让脚步在此多停留一会儿。"依依不舍留芳影,此别何年再续情。"此时,我拿这样的诗句,真不知道是送给昙花的,还是送给我和伍兄的,我想,大概二者都兼而有之吧!

— 花，总是向阳开放 —

有一种现象，不知你是否关注过？树的枝叶，向阳的一面就稠密，背阳的一面就显得稀疏。果实也是一样，向阳的一面就结得多，熟得快，果实饱满；背阳的一面就结得少，青涩，口感也不好。那么，花是否也有这种现象呢？答案当然是肯定的。

老伴养了 20 多盆花，都放在临街的窗台上，有杜鹃花、对红花、长寿花、迎春花……都是些不错的品种。冬天里，开花的时候，我怕它们晚上着凉，就移开窗玻璃一段距离。白天再移过去，让它们尽可能多地接受外面阳光的照射，做到两全其美。

去年大年刚过，虽说季节已进入春季，但在东北外面天气还是乍暖还寒。不知不觉间，就见这窗台上竟然有 10 多盆花竞相开放，杜鹃花花团锦簇，对红花红艳欲滴，长寿花芳香馥郁，迎春花绽开嫩黄……一盆盆，金铸玉雕，开得轰轰烈烈。

从此，兴趣使然，我一天到晚，有事儿没事儿常到窗台上那些花盆前转转。结果，就有了新的发现：冲着玻璃窗，阳光能直接照射到的一面，花朵开得相对要比另一面大，花瓣舒展，就连陪衬它们的绿叶也是如此，绿意盎然。对红比较特殊，就两朵大红花像是绑在了一起，相继开放，按说总会有背光的时候，可它不，两朵花总会扭弯了头茎，故意把花朵面对窗玻璃，冲向太阳。

它们为什么会如此这般执着呢？原来，这和它们的生长特点是有直接关系的。因为植物在光照下进行光合作用，光照越强越能加快植物的组织分裂，再加上植物营养就近供应和纵向同侧运输的规律，所以植物向着阳光的一面长得就比较茂盛。不过，我对此有更深层次的认识。在我看来，太阳把更多的光和温暖送给了谁，谁就会把更多的美丽和芬芳回馈给它，这就印证了"桃李不言，下自成蹊""种瓜得瓜，种豆得豆"这些道理的存在。换一句话说，你的真诚、忠实无须表白，只要你做到了，定不会被辜负。由此，我想到了养花人。

妻子养花，整天给花施肥、浇水、松土、剪枝，付出了辛劳。到头来，得到了什么？当满屋充溢着馨香，绽放出灿烂的时候，你立刻就会感到心旷神怡，心里就像陡然打开了两扇窗，你就会为妻子的劳动成果暗竖大拇指，你就会把第一缕微笑送给阳光般的妻子。

倘若有人从你的窗边路过，不经意地扫一眼你窗台上的花，或驻足观看，或大加赞赏时，你作为种花人 定会满心欢喜，心花怒放。因为你的劳动有了成果，得到了别人的承认。因为你给别人送去了快乐，送去了温馨，此时的你，不就像一轮高悬在空中的太阳吗？把辛勤的光化作一朵朵美丽的花送给了路人，换来的是路人花一样的微笑。这笑，定会愉悦你的心，浸润你的肺，激活你的快乐，岂不美哉？

这些你也许感到还不够尽然，让我突然又联想到了美国卡通漫画家华特·迪士尼先生来。华特·迪士尼年轻时，在堪萨斯城为了找工作而到处碰壁，由于生活拮据，他只得租用一间废弃的车库给教堂画画。晚上一闭上眼睛，一关上灯，老鼠就会"吱吱"出现。后来，老鼠的叫声反而让他睡眠好了起来。这样，他就对老鼠有了好感，白天有意识撒些面包渣，晚上老鼠就会大摇大摆地将面包渣叼走。后来，老鼠胆子越来越大，白天也敢来围着他转，有时竟然爬到桌子上、画板上，并在他面前大胆地表演起各种跳跃来。迪士尼就坐下来默默欣赏它的表演，享受这人类所不能给予的快乐和友情。

后来迪士尼离开堪萨斯城，到好莱坞制作以动物为主的卡通画。

正在他陷入为画不出作品而失望时，突然，在废弃车库里的那只老鼠又"吱吱吱"地出现在他的脑海。他为之一振，有了灵感，立刻爬起来，支起画架，把那只老鼠画了下来。从此，世界各地大人小孩喜爱的米老鼠的漫画就诞生了。

"一分汗水，一分收获"，迪士尼就像这太阳，他把光奉献给了老鼠这朵花，反之，老鼠这朵花也心甘情愿地对他敞开了胸怀，对他开放，这不就是我们所印证过的道理：花，总是向阳开放吗？

- 杏花真的开了 -

前几天，佳木斯一直阴雨绵绵。今天正赶上五一劳动节放假，难得一个好天气。

窗外，阳光灿烂，春意融融。我和妻子踏着这美好的春色，迎着和煦的春风，款款地来到市内的杏林湖公园看杏花。

杏林湖公园是佳木斯市最有特点的公园之一，它坐落在市区铁路车站附近，占地18公顷，据说当年是全市人民义务清淤挖湖，堆土造山，植树造林，移土填石，经过5年时间，修建而成。公园内山环水绕，树木成林，小桥流水，廊榭排空，实在是人们休闲娱乐的好去处。

到了这里，虽然景点颇多：漂流岛、彩虹桥、荷花池……但这些似乎都提不起我的兴趣，我唯独对湖两边的杏树情有独钟。

唐代著名诗人罗隐在《杏花》中云："暖气潜催次第春，梅花已谢杏花新。"眼下正是赏杏花的好时节。朗朗晴空，犹如一块硕大的蓝宝石，释放着莹莹的光。高悬的太阳挂在天上，金光万道，普照着公园的每一个角落。人走在湖边杏树的林荫路上，就如同走进了杏花的海洋，往前走是粉白的，回头看也是粉白的，左右两边全是粉白的，目之所及，满眼全是粉白色，就没有差样的颜色。真有一种王安石诗中的"纵被春风吹作雪"之气势。

当你走近前，只有抬手拉下一根枝条，细看，你才能看清楚那铜钱大小的一小朵一小朵花，正勃勃地绽放着。组成花朵的一个个小花瓣，雪白，周边镶着粉色的花边，温润，透明。中间长出了几根比白头发丝还细的蕊丝，头部还顶着一个个淡黄色的小蕊头，简直是金雕玉琢，我感慨这大自然的巧夺天工！

春风拂面，杏树的枝头轻轻摇晃起来，有的花瓣不经意间，会纷纷飘落下来。这时，杏林湖里的水面白了，就连脚下的林荫路也变成白色的了。踏着细碎的花瓣，嗅着淡淡的花香，沁人心脾，让人荡气回肠。此时，我不知道自己看到的是雪花还是杏花？我不知道自己是走在人间还是置身于仙境？大有唐代著名诗人温庭筠的"红花初绽雪花繁，重叠高低满小园"之感啊！

　　我和妻子两人正往前走着，突然，令人温馨的一幕映入了我的眼帘：一位70多岁的老汉，面容憔悴，脖子上围着一条崭新的白毛巾，坐在一台红色的轮椅车内。背后一个十一二岁的小姑娘推着车，从对面慢慢向我们走来。

　　前面，十几米的地方，正好是一排石凳石桌，供游人临时休息之用。就这样，我们几乎同时到了这个地方，找了两个空座坐下。而小姑娘却不，她把老人的轮椅车推放在一个石桌石凳旁，站在老人身边，从背包里拿出东西，放在石桌上。看来，这小姑娘和老人是要准备吃中午饭了。

　　"小姑娘，这老人是你什么人啊？"妻子问。
　　"是我爷爷，爷爷患了脑瘫，手脚不听使唤。"
　　"那你爸妈呢，咋没来照顾？"妻子追问。
　　"我爸爸妈妈都上班，没有时间照顾。平时有保姆，这五一保姆放假了，我正好学校也放假，所以推爷爷出外溜达溜达。"

　　小姑娘先把爷爷胸前围着的白毛巾正了正，然后祖孙俩开始吃午饭。爷爷手脚颤抖，不听使唤，拿筷子筷子掉，拿勺子勺子掉。小女孩最后干脆拿着小勺子一口一口地喂爷爷。等爷爷吃完了饭，又用纸巾把爷爷的嘴角擦得干干净净。等一切收拾妥当，小姑娘举起两个小拳头，在爷爷的脊背上使劲地捶打。从脖颈一直往下到腰部，上下往返好几遍。捶完之后，问："爷爷，这回舒服了吧？"

爷爷说话口齿不清，只是含含糊糊地回答了一句："行了。"

然后，这小姑娘又给爷爷做按摩。那麻利劲儿，好似一个专业的按摩师。看得出小姑娘绝非第一次，只见她先用两手捎了捎爷爷的脖颈，然后再捎胳膊，等这些都做完了，又问了一句爷爷："怎么样，爷爷？"爷爷仍是含糊不清地答了一句："行了！"这时，小姑娘才轻松地舒了一口气，冲着我们微微一笑。这笑是那么有特点，比阳光还要灿烂，比春风还要温暖。

此时，我可能也受了这小姑娘的感染，再也抑制不住内心的激动，插嘴问了一句："小姑娘，你爷爷让你们伺候得挺好，看，多干净利索。"
"嗯，在家一般不用我，都是爸爸妈妈照顾。我也没做什么，再说伺候老人都是应该的。今年春天热得早，杏花开得也早，推爷爷来看看杏花。"

多么感人的话语啊！我的心犹如大海里的波涛，立刻激起了万丈狂澜：是的，人人都有父母。行孝，是我们中华民族的传统美德，是人人都应该遵循的做人准则。其实，行孝，无须什么惊天地泣鬼神的惊人壮举，它如同山泉里汩汩的细流，滋润着每一个家庭，乃至到，每一位老人的细枝末节。要拿出真情，要倾注真爱，不但要在物质生活上，还要表现在精神生活上，这才是"行孝"的最高境界啊！

半晌，我才从这求之不得，感人肺腑的境界中醒过神来，抬起头，望了望树上枝头的杏花，又望了望眼前这位十一二岁的小姑娘，心里由衷地感慨：是的，杏花真的开了！

- 竹子在拔节了 -

几年前，在云黑两省小语研讨会上，我有幸结识了云南师范大学教育处处长陈少和教授。

那日，他乘飞机来到哈尔滨，在机场一下飞机，就颇有感触地对我说过这样一句话：没到过我们云南，你就不知道什么叫"开门见山"；没到过你们黑龙江就不知道什么叫作"一望无垠"。

的确，去年五一劳动节前后，我和妻子乘飞机就去了云南德洪一趟。刚到那天早晨，天下着蒙蒙细雨。我们走在一条蜿蜒盘旋的山路上，路并不平坦，坑坑洼洼，泥泞不堪。路两旁全是茂密苍翠的竹林，被当地人称之为毛竹林，有节有气，傲然挺立。正如清代著名诗人郑燮所云："千磨万击还坚劲，任尔东西南北风。"

　　毛竹笋大，刚一冒出来时，生长快，特别是在这雨中或雨后，完全可以听到它"咔嚓咔嚓"拔节的响声。有人戏称，如果你蹲在那里大解，见竹笋刚拱出地面，一会儿不等你完事儿，笋尖就会顶到你的臀部。虽然是个笑话，乍一听，好像还有点夸张，其实一点都不为过。最初，我多少有些不信，不过耳听为虚，眼见为实，今天，我这个生活在北方的人，倒要亲眼见识见识这个传说的真伪。

　　正往前走着，说话的工夫，抬头忽然见到前面二十几米的地方有一辆黑色的小轿车，横在路中间，显然是掉到了坑里，开不出来了。车上的司机加大油门，后面的排气管子"呼呼"不断地冒着黑烟，汽车轮子原地"嗖嗖"地转圈。车后面有两个男人，闷着头使劲儿地往外推车，车在那儿足足"突突"了有五六分钟还是原地没动。

　　我加快了脚步，欲走向前，也加入这推车的队伍。可妻子这几天老寒腿又犯了，走路多少有点不便，像蜗牛一样向前蠕动。下雨天道路又滑，我不可能将她扔在一旁不管，只好陪伴着她往前挪步。

　　这时，我隐隐约约听到后面有说话声，由远及近。我情不自禁地扭过头，拐弯处，有位中年妇女领着一男一女两个孩子。高一点的是女孩，大概十二三岁，稍矮一点的是男孩，大概十多岁，正有说有笑地从后面奔我们赶了过来。

"儿子姑娘，快走，你们看前边有辆车走不了了。妈妈腿疼走不快。"中年妇女在催促着两个孩子。

不经意间，两个孩子就从我们的身边匆匆溜过，直奔前面的那辆小轿车。只听那个高一点的女孩一边跑还一边喊："妈妈，别急，我和弟弟去推车，一会儿再回来找你！"

等两个孩子跑到了车跟前，二话没说，伸手就推。就听车后面其中一个高个子男士，说着一口不太标准的普通话，推托说："孩子，谢谢你们俩，这个活你们干不了，看甩你们一身泥。"

这时，就听一直没说话的那个弟弟吱声了："没关系，衣服弄脏，一洗就好了。"

"不行，你们还太小，没什么力气，还是不要再推了。"后边推车的矮个子男士也上前劝阻。

"叔叔，不要紧，妈妈说过，人多力量大。我是男子汉，我有的是力气！"小男孩说话时，站起身拍了拍自己的胸膛。

小女孩更不示弱，用手摸了摸自己的头顶："叔叔，我都是大孩子了。"

多么感人的话语啊！两个十几岁的孩子，在这紧要关头，却都能主动伸出自己那双稚嫩的小手。我的心一下子狂跳了起来，周身的热血一下子涌到了头顶：孩子就是妈妈的影子，今天两个孩子之所以能这样做，那是母亲十月怀胎，十几年精心教育的结果啊！

望着眼前这一幕，我哪还有心思来观察什么竹林啊！于是，也加快了脚步，催促妻子快点赶路，也好像那两个孩子一样，伸出自己援助的手。

眼看就要到车跟前了，只见这辆车的后排气筒，又"突突突"冒起了黑烟。这几个人一起喊号，随着高亢的"嗨哟、嗨哟"声，一起用力。车终于在颠簸两下后，"突突"往前猛地蹿了一下，轿车轮子随劲移出了水坑。此时，我们正好赶到。

后面四个推车的人，显然都松了一口气，直起身子来，流满汗水的脸上露出了欣慰的笑容。这时，雨住了，太阳出来了。我注意到，灿烂的阳光照在这两个孩子的脸上，积蓄在每一颗汗珠里，闪闪发光。

"我寻思快走几步也帮帮忙呢，这个忙没帮上。"我歉意地说了一句。

"没关系，多亏这两个孩子了，别看劲儿小，加在一起就大了。"高个子两手插腰边擦汗边说。

矮个子说话更有哲理："其实汽车往外冲，也就缺少那么一点点力，加上那点力就出来了，缺少这点力就出不来。"

说话间，两个孩子的妈妈正好赶上来了。这时，司机下车了，冲着孩子的妈妈面带笑容："大姐呀，真的谢谢你啊，也谢谢这两个好孩子！看，给孩子累够呛。"

中年妇女嘿嘿一笑："谢什么谢？谁还不遇到点事儿，再说这只不过是举手之劳，也不是什么惊天动地的大事，小孩子撒个欢儿的工夫，就歇过来了。"

看，孩子妈妈说的话多么淡然，她并没有把这事看成是什么大事，无须谁的点赞，丝毫没有向车主要什么人情的味道，完全看成是自己分内的事。这对孩子的成长是多么有益的一件事情啊！

车上这三个人都上车了，一加油门，轿车"突突"两声开动了，伴随着一声再见，我们和小轿车的车主作别了。转眼间，中年妇女领着两个孩子也给我们甩出了十多米远。看着两个孩子那一跑一跳远去的背影，我突然想起了"无人赏高节，徒自抱贞心"的诗句来，这不正是对两个孩子行为真实的写照吗？

　　"咔嚓——咔嚓——"这时，我才缓过神来。雨后的阳光中，我听见路两旁的竹林里，不断地传出清脆的声响。我想，这可能就是人们所说的竹子在拔节了。

－ 最美茉莉花 －

　　我在大庆的出租屋，是一个两间居室的楼房，我住里屋，外屋就住着一位40岁上下的女业主。这女业主酷爱养花，在她那3米多宽的阳台上，就足足摆满了大大小小十几盆花。其中，最令我钟爱的莫过于那盆清醇淡雅的茉莉花了。

　　起初，我对这盆茉莉并未注意，因为它裹在这些花草的中间，没显得与众不同。说起女业主，似乎对这十几盆花也并不怎么上心，一两周偶尔看一次，也只是给花浇一遍水，便匆匆离去。可能由于缺水的缘故，乍看这些花草的叶子，有的泛黄，有的甚至已经脱落，静静躺在花盆的土面上。于是，我便在心里对它们的不幸陡然萌生了几分淡淡的感伤：同样的花草，如果不是放在这里，而是放在高档的楼堂馆所或是接待外宾庄重的场合，那平时该有多少人精心照料，那又该是一种怎样的风景啊！

伴随着时光的流逝，这些花草也遵循着自己的花期，悄无声息地接连开放着，可唯独这盆茉莉却从不见开花。我好生纳闷：都是一样的环境，一样的照料，为何单单茉莉，裹在其他花草中间，不敢露脸，羞于见人呢？

春节长假过后，当我再次返回出租屋时，让我看到了惊心动魄的一幕：茉莉开花了！那迟来的惊艳真有点宋人杨巽斋笔下的"谁家浴罢临妆女，爱把闲花插满头"之味道。我知道，这株花在素馨属中，那是一种最著名的双瓣茉莉，花朵卷瓣状，内中形成空间；颜色洁白、油润、透明；脉络刚柔，简直就是"天赋仙姿，玉骨冰肌"啊！由此，我不禁想到了最美教师张丽莉，在校车肆虐地冲向学生的一刹那，她没有一丝一毫的犹豫，毅然决然地冲了上去，推开了两名学生，自己却倒在了车轮之下，失去了双腿。她把生的希望让给了学生，把死的危险留给了自己，她那颗美好的心灵，就像茉莉花，内心不再狭隘，胸怀宽阔，充满了大爱。这种大爱，并非偶然形成，它是经过多年人生风雨的历练、沉淀，积蓄的能量会在瞬间爆发，足以让十几亿中国人的心灵为之震撼。

伟大，就这样掷地有声；伟大，就这样在平凡中诞生！不是啊？她牺牲自己，换来了两条鲜活的生命。国家给予了极高的评价，"全国五一劳动奖章""全国三八红旗手""全国优秀教师""全国见义勇为最美人物"……

　　过了好一会儿，我才醒过神来，闻到了屋里散发着一股淡淡的清香。其实，它的香该是浓郁，只因为偌大个屋子里只有这一盆开花，那浓郁是被空气稀释了的缘故吧！其实，我早就听过一位文人墨客关于花香的描述："满园花开，香也香不过它"；我还知道它是制造茉莉花的原料，当人们品味茉莉花茶的时候，它实在是享有"可闻春天气味"之美誉。由此，我又联想到了丽莉，她正值青春年华的时节，正如这株盛开的茉莉花，她的美，不单单体现在她的外表，更体现在她清香四溢的内涵，她的香融入了无处不在的空气里，润泽着人世间的每一个角落。当你站在一盆茉莉花前或是品味着杯里的茉莉花茶时，无论从嗅觉还是味觉哪个方面，你都摄取了它的香，入肺透骨。现在，社会上也存在一种人唯利是图，那种沾满了的铜臭味污染了我们身边这清新的环境，试想，不正缺少丽莉这种"香气"的润泽吗？她的事迹可谓家喻户晓、妇孺皆知。当有人问她对这一瞬间所做出的决定会不会有些冲动或后悔时，她义正词严地说："在我看来，学生的生命，就像我的孩子一样重要！对学生做的这些只是最本能的反应，我很庆幸，我从来都没有后悔过自己当初的选择。"

　　她这种最朴实、最诚挚的话语就像那花香，是否会使世人能够因此而得到感化、教育、启迪呢？我不得而知。

　　女业主走了，我再次审视着这盆茉莉花：它绽放着灿烂，释放着馨香，焕发着勃勃的生机。眼前的这一幕，不正是对最美教师张丽莉舍生忘死、无私奉献、大爱无疆人生最好的诠释吗？世上花有成百上千种，可是，倘若有人问我最美的是哪一种，我可以毫不掩饰地告诉他：茉莉花！

– 夕阳红 –

太阳缓缓地落下了山冈，西面半个天空，全被染成了红色，就连大地上的高山、河流、房屋，甚至连小区里草坪上奔跑的小白狗也都镀上了一层红光。

晚饭后，闲来无事，我独自来到了佳木斯段松花江南岸防洪纪念塔的广场上。刚到这里，你就能见到一支由几百个老年人组成的夕阳红秧歌队。头，顶着墨蓝色的天空；脚，踏着细碎的夕阳。在阵阵高亢的唢呐声中，欢快地扭起了秧歌。

走近前，你就能见到这些大妈打扮传统，清一色的大红脸蛋，黑黑的眉毛，粉红的嘴唇，头上还特意戴上了一个色彩鲜艳的花冠，穿着各色彩裙。再看看那些阿爸，也不逊色，和大妈一样化了妆，穿着或红或绿的衣裤，腰间都扎着彩带。

这些人，除了刮风下雨极度恶劣的天气外，几乎天天如此。只要唢呐一响，锣鼓一敲，这些人就会随着调子，踩着鼓点儿，自动地找好位置，一个跟着一个排好队，舞起手中的彩扇。

这几百号人，排成四列，前不见头，后不见尾，煞是壮观。一个个扇子在头顶上高高摆动，腰部的彩带伴随着裙摆也在翩翩起舞，远远望去，犹如一条长龙在上下翻腾，缓缓地向前蠕动。更喜庆的是排头的正是《西游记》中的四大人物：猪八戒青衣青裤，两只大耳朵如同两把大蒲扇，大嘴巴，大肚皮，肩上扛着一把大耙子，走在最前面。孙悟空一身杏黄色的衣服，头上扣着一个带有"佛"字的小帽，手里拿着一根金箍棒，围着身披袈裟的唐僧身前身后地跳来蹦去。走在最后面的是沙僧，一个黑脸大汉，挑着一副担子，走在后面。

周围看热闹的人更是火爆，不时响起阵阵喝彩声。有的看着看着，情不自禁地便迈着舞步，加入到了这个行列。

鼓点随着唢呐激昂的旋律，这些人彪着劲儿地扭。有时男女对扭，互相逗丑，肩膀一耸一耸地抖擞着。那大秧歌扭得欢，扭出了人们的快乐好日子。

休息间隙，我随便和后面的一位老大伯攀谈了几句："老大伯，您今年高寿？"

老大伯笑呵呵地头一歪，反问我："你猜呢？"

我上下打量了一下这位老人：身板硬朗，说话底气十足，耳不聋眼不花，就脱口而出："七十五六吧！"

老人哈哈一笑："90 多啦！"

我感到惊诧，怎么看也不像 90 多岁的老人啊！老人看我疑虑，站在我面前，故意向我挺了挺身子，拍着胸脯说："抗美援朝枪口剩下来的，你说多大岁数？"我一算，果真如此。

"这么大岁数了，别让自己累着了。"

"这你可说错了，我每月工资 6000 多块，逢年过节，大米、白面、豆油都给送到家，连身上这衣服都是民政给买的，如今不愁吃不愁穿，日子过得舒心，出来锻炼锻炼，也好多活几年，看看社会。"

他这一说，一下子提醒了我，在这之前，有人早就说过这位老者，6 个儿子，孙男娣女一大帮，可谓儿孙满堂。家里人都不想让他出来，怕路滑摔倒。可他说在家里待不住，非得出来，活动活动筋骨。老爷子参加这个秧歌队都好几年了，谁问年龄都90多。前三年有人问这么回答，现在有人问还这么回答，恐怕再过三年有人问还这么答。老人可能怕别人说出自己的年龄大，所以才这样表述，显得年轻。

这又让我忽然联想到了几天前坐公交车时看到的一幕：也是一帮大伯大妈，他们都化好了妆，穿着彩衣，有的拿着二胡，有的抬着小鼓，忙着赶往佳东大剧院，说是要参加一个老年演唱会。坐在车上的，还有几个大妈正在谈论着吃什么保健品能让自己皮肤白嫩之类的话题。

现在的老年人赶上了好时候，谁不想让自己的身体棒棒的，多活几年？谁不想享受生活，享受社会给他们带来的美好？

忽然间，那边秧歌队里又走过来一位老大娘，身着大花衣服。我问："您老多大年龄了？"

"40啦。"

我笑着回答："大娘真会开玩笑，听您这么说，我叫您大娘都吃亏了。"

"孩子，我说的是公岁。哈哈哈……"大娘说完，一阵朗笑。

哦，我如梦方醒。原来，她也一定是怕别人说自己的年龄大，不爱用虚岁表述。说话间，又有几位老人围上来，咧着嘴，满脸皱纹都开了，在夕阳的映衬下，显得更加红润，更加灿烂起来。我知道，这才是真真正正的夕阳红啊！

- 春雨，还我们一个通透和美好 -

老天真不作美，这雨早也不下晚也不下，却偏偏在我早晨刚上班的节骨眼上，淅淅沥沥地滴了下来。

不过，俗话说得好"春雨贵如油"，憋了一个大春天，可盼下了一场雨，且还是第一场春雨，我心中的那份欣喜就甭提了。于是，我拿起一把雨伞就兴冲冲地走出了家门。

走在上班的路上，头顶，湛蓝色的天空布满了灰暗。小雨点滴滴答答地掉落在雨伞上，如同春天里大自然唱响的歌。脚踏在平坦的水泥路上，本来是灰色的水泥路面，掉上雨点后，也变成了黑色。潮湿，略带水汽，滋润着行人的每一个脚印。

刚走出家门，突然看见前面路上有人在围观什么。于是，我加快了脚步，走上前，钻进人群，见是一位 70 多岁的老奶奶躺在路中间。看样子，老人家一定是遭遇了什么，可这么多人围着，都在指指点点看热闹，竟然没有一个人上前，去把老人扶起来。老人脸朝天，背朝地，孤零零地躺在那里，一动不动。通过面相看，应该还有气息。此时，这个场面竟意外地静，人们都把心提到了嗓子眼上，静观其变。

突然，一道纯美的声音划破了宁静："快躲开，快躲开！"接着，便是一道白影闪过，人们都不约而同地抬起头，把目光移到了白影上。

这是一位 20 多岁，眉清目秀的女孩，穿着一件白色的大褂，一看就是一个医生的装扮。女孩拨开人群，冲向老人，似乎显得很着急："你们愣着干什么？还不赶快救人？快，打 120！谁来帮我一把！？"

这时，就有好几个好心人主动走上前，听从白衣女孩的指挥。尽管雨还在下着，白衣女孩也不管地上是否有水，是否有泥，便一下子坐在地上，把老人的头轻轻地扶起来，放在自己的大腿腕上，伸手去摸老人的脉搏，然后用手扒了扒老人的眼皮。她动作麻利，这些都是在几秒之内完成的，如果不是一个专业的医护人员，是绝对不可能做得到的。

"老人还有脉搏，快，谁来给我搭把手？"随后，在她的指挥下，男男女女陆续又上来好几个人，帮忙把老人平放在路边。这时，只见白衣女子两腿跪在老人的胯下，两手放在老人胸前，来回不停地揉搓着，进行心肺复苏抢救。

揉搓了几分钟之后，她又为老人做人工呼吸。五六分钟之后，人们惊奇地听见老人哼了一声，喘了一口长气。这时白衣女子才放心地坐起来，手把着老人的头部说："没事儿了，醒过来了，刚才是休克。"四外围观的人也都长舒了一口气，放下心来。

老人慢慢地苏醒过来，恢复了意识。她睁开眼睛，见自己躺在一个白衣女子的怀里，就明白了刚才发生的一切，虚弱地说："姑娘啊，谢谢你！要不是你救了我，现在我恐怕早就摸阎王爷的鼻子了，你真是个好人啊！"言语中充满了无限的感激。

白衣女孩儿腼腆地一笑："不用客气，救死扶伤是医生的天职。这种情况，是个医生见了都会救。您这么大年纪了，以后出来进去的一个人不行啊，身边可得有个人照顾！"

白衣女子的话，犹如一块洁白的玉投进了我本平静的心海，瞬间激起了层层涟漪。古人说得好"救人一命胜造七级浮屠"，可这话说起来容易，做起来难啊！围观的有这么多人，又有几个人能够做到见义勇为、助人为乐，真心实意地伸出援手呢？吾辈也算个识文断字之人，砖头厚的大书也读过几本，国学经典也颇有涉猎，可在类似于这样的事情上做到了吗？我惭愧，汗颜！

正说话间，120急救车来了，几个好心人七手八脚地帮忙把老人抬上车，白衣女孩儿因为是医生，也跟着上了车。车走后，人群也"呼啦"散去了。

雨滴答滴答，仍然在下。抬起头，我顺手接了一个雨滴，看，多么白、多么亮。望着这珍珠般的雨滴，我心有所悟：这不就正如那位白衣女孩美好的心灵吗？如果我们每一个人的心都能像这雨滴一样透明，那该有多么好啊！

抬头仰望着天空，我真希望这场雨能够下得更大一些，成为催人奋进地的鼓点，成为唤醒我们每一个人走向"善"的开端，还我们一个更加通透和美好的世界。

－ 拐弯处的精彩 －

　　出了佳木斯市区，再往东走几公里就是北大荒采摘园。那里，既是人们旅游观光的好去处，也是休闲度假的好场所，捎带还能让你享受到亲手采摘果实的快乐。

　　暑假里的一天，我们一家人乘车到这里游玩。大巴在采摘园的门口停下，我们下了车，沿着柏油马路步行往里走。路两旁，火红火红的辣椒，紫黑紫黑的茄子，一架一架的黄瓜和豆角都在夹道欢迎我们。

　　再往里走，便出现了一个 U 字形的路口。在路的左侧是一个近似长方形的水塘，水塘上架有一个木制的小桥，桥栏上雕刻着狮子、大象等各式各样精美的图案。桥下，水平如镜，清可见底，数不清的小金鱼在水下游来游去，那惬意劲儿就甭提了。如果沿着路口左侧一直往里走，你只能看到其中一侧的景致，但不能看到另一侧的景致。如果你走累了不愿意走，或者疏忽了，也就只能看到这半壁的景致，不知道那边还有一个世外桃源。

可高明的设计者，为了吸引你走完全程，在路的尽头 U 字形的顶端处，设计了一个椭圆形的大花坛。花坛中间是几匹马的雕像，高高的，老远就能看见。那马昂首摆尾，张着大嘴呈嘶鸣状，四蹄腾空，像是在奔腾驰骋。这景致只要进入你的视线，你就不可能止步，就会吸引你，信步来到花坛，欣赏一下这拐弯处的精彩。

当你游完了花坛这一圈，你就会发现自己不知不觉地走进了 U 字形的另一侧，也就是从 U 字形的顶端折了过来，另一侧的景致便尽收眼底了。这样，两边的美景都让你欣赏到了，不会留任何遗憾，设计者的初衷也就达到了。原来，U 字形顶端拐弯处的精彩，不单单只为吸引游客的眼球，事后，等你领悟，总是禁不住发出阵阵的喝彩声。

拐弯处的精彩，不单单体现在一个景致上，一个人不经意的一个动作，也同样会展现出精彩来。

前几年，我看过一个小学生的作文，写的是他认为爸爸不关心他、不爱他的事儿。一天，爸爸着急上班，小弟弟非要跟着爸爸，追出去老远，爸爸也没有同意带着他，并让他马上自己回去。他觉得爸爸"一点也不关心不爱"他。在他大发牢骚时，有个同学笑着劝道："别生气，大部分老爹都这样，其实他很爱你关心你，只是不善于表达罢了。不信你看，等会儿你爸爸走到前面拐弯的地方，他一定会回头看你。"小弟弟半信半疑，其他同学也很感兴趣。于是他们不约而同停住了脚步，站在那儿注视着爸爸远去的背影。

这位爸爸依然笃定地一步一步向前走去，好像没有什么东西会让他回头……可是，当他走到拐弯处，就在他侧身拐弯的刹那，好像不经意似的悄悄回过头来，很快地瞟了小弟弟一眼，然后才消失在拐弯后面。此举，引得在场同学纷纷鼓掌。爸爸拐弯处的回头，不正是父爱这一坛花更加精彩的绽放吗？

其实，旅游也好，人生也罢，脚长在你自己的腿上，这路究竟怎么走，只能你自己来决定。为了开阔视野，为了欣赏到更加美好的景致，为了人生的路走得更顺畅，在岔路口的转弯处，相信你一定会留下精彩来！

03

隐形的翅膀

－ 恋秋 －

小时候，八月节前后，跟母亲到自家地里摘豆角，见其他植物大都有些干枯，而唯独豆角秧却绿油油的，开花结角。当时，就感到有些奇怪，于是便问母亲，母亲颇深情地告诉我说："儿子，这叫'恋秋'，意思就是留恋秋天，不愿意走。天气马上就要凉了，好趁着这温暖的天气，多给咱们结点果实。"

我当初还小，虽然母亲说得很明白，但我对她这话确切的含义仍是懵懵懂懂。直到后来我上学长大了，才真正理解。

去年秋天，正是凉风习习、青草泛黄的时节，我和妻子去佳木斯女儿家小住。当火车行至小兴安岭山脉时，就见路两旁这一丛那一丛，长了不少枫树，别的什么杨树、柞树、桦树风扫落叶，而唯独枫树遒劲挺拔，叶子越发显得红艳，仍然焕发着勃勃的生机。

"节省时间，也就是使一个人的有限生命，更加有效，而也即等于延长了人的生命。"这是鲁迅所言。枫树可能也知道了自己这一轮回已时日有限，抓紧一分一秒，用一种特殊的方式，把自己全部的能量释放出来，让人间多一抹红艳，多一份喜兴。这不就等于让它的有限生命更有效，延长了它的生命吗？"恋秋"的情结不就在于此吗？

当火车到站，来到女儿家时，女儿、女婿、外孙女他们早已等候在楼下。忽然，我见小区楼前，不知哪位大妈大伯用镐头开辟了十几平方米的土地，竟然种上了黄瓜、茄子、胡萝卜等蔬菜。黄瓜、茄子显然已成枯枝败叶，而唯独胡萝卜缨子一片嫩绿，长势喜人。

站在一旁年幼的外孙女不解地问我："姥爷，胡萝卜咋还这么绿呢？"

小孩子总爱问东问西，我跟她讲再多，显然亦是徒劳。我只好说："它耐寒，就像有的小朋友抗冻一样。"外孙女"哦"了一声，似懂非懂。

其实，在耐寒的背后，还深藏着许多道理。这种植物似乎也有灵性，它知道冬天就要到了，为了与严寒抗争，为了给自己增加更有利于生存的条件，不断地给自己增加胡萝卜素、糖分等营养成分。天气越凉，这些营养成分就增加得越快，提高了自己体内的能量，从而达到御寒的效果。胡萝卜这种现象也只有在杀冷时短短的几天内完成，它惜时如命，在生命即将结束之时，将体内的营养成分——糖分这份大礼送给了人类，难道这不是"恋秋"的结晶吗?

等上楼进到女儿家屋里时，在大厅电视的正上方，挂着一幅名画《牡丹图》，当然是印刷品。我走上前，一看便知是齐白石的作品，齐老一生差不多每天都要作画。27岁以后，只有两次害病，一次遭父母之丧才搁过笔。他的勤奋是持久的、有恒的，即使到了晚年，也没睡过早觉，每天照例黎明即起，吃过早饭，便要画上几幅。齐老对艺术的追求，真是孜孜不倦。正如莎士比亚所言：不管饕餮的时间怎样吞噬这一切，我们要在这一息尚存的时候，努力博取我们的声誉，使时间的镰刀不能伤害我们。

晚饭后，站在凉台上，夕阳西下，灿烂的晚霞染红了天，树木、楼房、游人甚至整个城市都被染上了一层金色。此情此景，不能不让我心动：难道夕阳也知道"恋秋"吗? 它知道自己已划落到了地平线下，为人类奉献的机会还得历经黑夜之后才能获得重生，于是，它把自己所有的光和热都在这昼与夜交替的时节释放出来，给人间留下了美好的回忆。

夜幕渐渐地降下来，我们和女儿一家人到郊外散步。走在被树木挤歪了的林荫小路上，脚踏着油黑的泥土，让我突然有一种更接地气的感觉。想着连植物都知道恋秋，何况人乎？我本一介凡夫，对社会、对人类谈不上什么贡献，只是做了点自己该做的事儿。如今快到退休的年龄，余下的时间越来越有限，抓紧分秒，倾我所能，不留遗憾。正如布莱希特所言："不要为已消尽之年华叹息，必须正视匆匆溜走的时光。"只要尽心尽力了，只要做到问心无愧，给自己画上一个完美的句号，不也是同样具有"恋秋"的情怀吗？

美国动物学家卡尔·施密特最后一刻，记录下了被蛇咬伤后的症状，给后世留下了珍贵的第一手资料；忘我工作的俄国化学家门捷列夫在他死去时，手里还紧握着笔；英国科学家约翰·道尔顿，在他 78 岁的时候，刚写下当天的天气记录便躺下了，从此再也没有醒来……类似这样的例子，不胜枚举。这难道不都是对"鞠躬尽瘁，死而后已"的"恋秋"情结最完美的诠释吗？

- 苦菜花开 -

从小，我就在农村长大。8岁那年，父亲和大哥在不到半年时间内相继离世，家里，只有年纪尚轻的母亲毅然决然地领着我们尚未成年的姊妹六个艰难地度日。

20世纪60年代初，正赶上三年自然灾害。所以，家里时常揭不开锅，吃了上顿没下顿，不足部分，时常就用苦菜来填补。因此，多年来，我对苦菜一直念念不忘，情有独钟。

苦菜，学名苣荬菜。味苦，是一种多年生的野生蔬菜，据说还有清热解毒之功效呢！它生命力极强，能适应各种环境生长，田间地头、马路边，都能见到它的身影。每逢农历三月三，天气乍暖还寒时候，野地里就已经是"苦菜乱钻天"了。

那时候，没有反季蔬菜，赶上这大苦春头子，苦菜便成了我家餐桌上一道常备的蘸酱菜。在粮食不足、闹饥荒的年岁里，它便有了用武之地，母亲就把它剁成馅，用玉米面做成苦菜团子；还可以把叶摘下来，掺上玉米面，做成苦菜粥……吃饭时，母亲为了鼓励我们每天都能顺顺当当地吃下这难以下咽的食物，常常用略带神秘的口吻对我们说："这苦菜可是好东西，还能祛火呢！"一听这神神秘秘的话，我们兄妹六个当即食兴大发，抢起旋风筷子，一会儿就造了个盆碗精光，然后嘴巴一抹，优哉游哉地跑外边玩去了。

苦菜开花花期较长，从夏季一直到秋季。它的花朵小巧玲珑，只有一枚铜钱大小，金灿灿的，晶莹剔透，活像一朵浓缩版的向日葵。不过，和城市鲜花店里那些姹紫嫣红的牡丹、君子兰相比，它实在称不上美丽，但是，我却对它有着自己的真知灼见，不但时时感念起苦菜卑微的一生，而且我更时常感念有着这样一生的人。

在我家的附近，就住着一位年近七旬的老头，头发凌乱，胡子拉碴，神色呆滞，言语木讷。老人走路时腿有点跛，一歪一歪的。走起路来，脚总是抬不利索，常常是人还没等到，老远就能听见他鞋底磨地面"趿拉趿拉"的声音。因此，人们送给他一个绰号——老歪。老歪生来命苦，一生未娶，就寄居在哥嫂家，以捡破烂为生。有时上外面捡破烂回来晚了，饭或是凉了或是没了，总是凉一顿热一顿，饱一顿饥一顿的，命苦得就像野地里自生自灭的苦菜——无人搭理。

可直到有一天，当我亲眼见到发生在他身上的一件事儿时，才彻底粉碎了我自己先前对他的歧见。那天晚饭后，我正在路边和几个朋友闲聊，忽然见他在水泥路上用一块编织布拖着一摞废纸壳一歪一歪地往家走。这时，就有一位好心的邻居叫住了他，想把堆在家门口的一堆废纸壳送给他，可令大家没想到的是他竟然百般推辞，当邻居问他为什么时，只见他一脸窘态，吭哧了半天，嘴角微微一咧，笑着蹦出四个字来："我自己捡。"

我不禁眼前一亮：原来，他是要自己捡，要靠自己的劳动为生，丝毫不求别人的施舍。这时，我又重新地审视起眼前的他来，这哪里是老歪，分明是一棵开了花的苦菜有尊严地站在那里，不消耗浪费社会的资源，用自己的绵薄之力来供养着自己。此刻，他仍然站立在那里咧着嘴笑，我注意到：那笑是那么专注，就像有大把大把的阳光栖在里头，是那么灿烂，那么耀眼，让我的心好一阵激荡。

又联想到了在大庆教学期间，不免经常接触孩子的家长。其中，有一位30多岁的学生母亲，总是让我感到怪怪的，闲谈中，她常常表现出对人生的一种漠视。时间久了，才让我略微地知晓了她生活中的凄风苦雨——

　　原来，这位母亲从小就失去了父亲，老母亲领着她和姐姐再嫁。继父带着两个男孩，尽管母亲从中努力地去维系，但孩子们中间还是有一条裂痕。后来他们四个孩子都大了，继父的两个男孩，早早地下地干活，担起了养家糊口的部分责任；姐姐初中毕业，考取了一家卫校，但遗憾的是因家里没有能力供读，致使姐姐的读书梦半路夭折。姐姐一股急火得了抑郁症，至今还住在一家精神病医院里。随后，母亲因极度痛苦，也患上了间歇性精神失常。家里就剩下了她一个女孩还在读高一，继父看她仍然天天上学，便总是唉声叹气的。一天，在饭桌上继父一边吃饭一边用筷子敲着碗边跟她说："你知道吗？为了让你上学，我外出打工，汗得出两大水缸，都得架瓢舀。"母亲也借机添火，话说得更直白："你这么大了，还读书，还让不让我们活着啦，你想把这一家子人都拖累死啊？"

　　从此，倔强的她背起书包，一气之下头也没回地冲出了学校的大门，怀揣着母亲事后塞给她的 20 元钱，踏上了北去大庆的火车，随波汇入到芸芸众生的打工潮中。

　　紧接着，就是婚姻的不幸：一次次结婚，又一次次离婚，家庭的重担压得她差点喘不过气来。她几乎失去了生活的勇气，和我诉说时几度哽咽，甚至有轻生的念头。于是，我推心置腹，鼓励她，给她出主意，使她重新振作起来。

就这样，已经有了两个孩子的母亲，她竟像一个小孩子似的坐在课堂上和女儿一样听课，一样记笔记，一样完成作业。功夫不负有心人，半年后，在我的建议之下，她选择了在学校的附近，开了一家小饭馆，还聘请了好几个人帮厨，生意自然红红火火。不但解决了一家人的吃饭问题，还解决了两个孩子的一切开销。更令人称奇的是，现在忙里偷闲，她居然还能写出几首小诗来，前些日子，她还在一家正规报刊上发表了两首。

一天，我正在居室单元门口刷鞋，就见她手拿一张报纸，风风火火地跑来向我展示她的作品。当我向她表示祝贺时，她咧开嘴，冲着我嫣然一笑，笑得那么灿烂，那么耀眼，刹那间，恰似一缕温暖的阳光点亮了我的心灯，照亮了我的心房……

这是一个天生不幸的女人，这是一个命途多舛的女人。几年前就已经被丈夫抛弃，独自领着两个孩子，她的泪不知偷偷地掉下过多少，又都顺着面颊悄悄滑落到她的嘴角，浸润到她的心灵深处。我想，这苦涩，一定不亚于当年自己吃下的苦菜。可喜的是她今天成功了，无须谁的表彰，无须谁的点赞，默默地品味过活，不正像那生长在野地里明灿灿的苦菜花吗？

苦菜花身心虽苦，但面对人世，它依然可以傲然地挺立在那里，展示自己那独特迷人的美丽，释放自己那醉人的芬芳，把自己最精彩的一瞬留给人间!

我从小就与苦菜结缘,于苦我虽不怕,但也看不得别人的苦楚,那样会刺痛我的心扉,会让我因此而流泪。寒门出贵子,从小就在苦水里泡大的孩子,一定更知道甜的可贵。我这辈子,虽然后半生再不曾吃过苦菜,但从邻居老歪和那位年轻母亲的身上,我算是再一次品尝到了儿时苦菜的滋味。至于花开的恩泽,不知大家是否也感同身受了。

－ 一座耀眼的灯塔 －

　　去年暑假，我和妻子应女儿之邀，去了一趟佳木斯，在那里小住了几天。

　　一天，趁女儿去单位值班，我和妻子抽空来到了佳木斯北城区的沿江公园散步。岸边的嫩柳倒垂着，微风一吹，柳枝来回地摇曳着，轻拂着水面，水中亦映出了片片新绿。远处，水面上平铺着一大朵一大朵的荷叶，放眼望去，尚未绽开的尖尖小荷，如同一支支特大号的粉红色水彩笔伸出水面。头顶蓝天，脚踏在江畔的碎石上，人如同走进了色彩斑斓的童话世界，别有一番情趣。

　　再往前走，江面上的荷花已经绽放，微风下，一股淡淡的花香扑鼻而来。临近中午，天闷热，太阳火辣辣地照在人的脸上，火烤一般。再加上江边空气潮湿，使人觉得更加闷得慌。于是，我们俩从浓荫处找到石凳坐下，一边乘凉一边观赏着江里盛开的荷花。

古人爱荷，除了爱它的美和香之外，更爱它高贵的品质，周敦颐的《爱莲说》就是一个明证。"出淤泥而不染，濯清涟而不妖"，虽然莲花身处污泥浊水之中，却纤尘不染，不随世俗，洁身自爱；"中通外直，不蔓不枝"，它外表挺直、不牵扯攀附；"可远观而不可亵玩"，道出了莲如傲然不屈的君子一样，决不容许俗人的轻慢玩弄。

忽然，对面男男女女十来个人从林荫路的深处有说有笑地走来，他们大都四五十岁上下，身穿墨绿色的水叉，手里拿着剪子，当走到我们跟前时，正好顺着江边台阶一级一级地下到水里。水齐腰深，但他们仍然很麻利地挪到荷花前，一边有说有笑，一边将略微发黄了的叶子剪掉。见到他们那喜庆的样子，忽然让我想到了王昌龄的《采莲曲》："荷叶罗裙一色裁，芙蓉向脸两边开。乱入池中看不见，闻歌始觉有人来。"这首诗不正是眼前这个场景的真实写照吗？

于是，我饶有兴趣地问其中的一位男士："你们剪它有什么用啊？对荷花没有伤害吗？"

"这你可就不懂了，我们不是把莲藕埋在水下沙土里就不管了，从莲藕出芽到荷梗伸出水面，再到荷花开放，各个环节都需要我们精心护理。像我们刚刚剪掉的这些叶子就是由于天太热，生了腻虫，使叶子变黄。如果这些叶子不剪掉，就会传染到那些健壮的叶子，最后殃及花朵。另外，剪下来的这些叶子放在水里，腐烂之后，又变成了上等的肥料，继续供应给荷养料。如此良性循环，对荷的生长大有裨益。"

噢，是这样！听了这位男士的介绍，我一下子猛醒过来：原来他们这些植荷人剪掉的都是些有问题的叶子，留下的才是健康的好叶。这就如同一个医生给人看病，如果人的五脏六腑哪块生了病，你必须得把病变处处理掉，否则就会殃及无病的地方，甚至断送人的性命。植荷人不是光种不管，荷花整个生长过程都倾注了他们大量的心血和汗水。由此，我的内心陡然萌生了对植荷人的敬意和感激之情。没有植荷人，哪有那"小荷才露尖尖角"？哪有那"微雨过，小荷翻"？哪有那"荷花镜里香"？哪有那游客观荷时满脸的灿烂？

"叮铃铃，叮铃铃……"我的手机忽然响了，铃声暂时阻断了我奔放的情感。接通后，手机那边传来的是远在北京《经典阅读》杂志工作的郭训民教授的来电："占龙，咱们北京旧宫二小的校刊《小荷尖尖》作文集又出版了，通过邮局给你寄过去了几本，望查收！"

"这么快，上一期刚接到没几天！"

"你不知道，我们这里的老师全部参战，加班加点修改学生的习作，这一集仅用了三天，是为了迎接全国的一个现场会。"说完，便挂断了电话。

是啊，真是无巧不成书，眼前这些植荷人修剪荷花的情景不正是郭训民教授、高笑梅校长以及各位教师指导学生写作、批改学生作文、精心编刊的真实映衬吗？他们对孩子的每一篇作文都是精心修改，不适当的语句、错别字、标点符号有误处都要统统删除，就像那有病的荷叶一样必须剪掉。篇篇作文就像那支支面带羞色，尚未绽开的尖尖小荷。文如其人，尖尖的小荷不也是每一个孩子将要绽放的再现吗？

可惜当时我没有带相机，若带了的话，我一定会把这富有寓意的一幕拍摄下来，把它放大，挂在我的床头，让它永远成为在前进道路上指引我的一座耀眼的灯塔！

－ 一台紫檀色的老钟 －

旭日临窗，一串清脆的自行车铃声打破了小院清晨的寂静。我一骨碌地从床上爬起来，出门差点和邮递员小栗撞了个满怀。

朱老来信了，他说要出书，这实在是一件值得庆幸的大好事。此事虽说我早已料到，但未想到来得这样突然，看罢《小学语文教改实验与研究》出版消息，我激动得竟不知道说点什么才好。于是，迈进记忆的长廊，我寻觅到了过去与他初识时的一刻——

前年8月，我再次应中央教科所之邀，有幸参加了全国农村小学作文教学研讨会尚志会议。初到尚志，我们就被车接进了尚志市的电业招待所。

晚上，我和朱老一室二人盘坐在床头上闲聊了起来。

"您怎么称呼？"眼前这位操着山东口音的长者和蔼地问我。

我报上了姓名，并回问："您怎么称呼？"

"我叫朱学思，山东烟台的。"

"朱学思？"——我的心咯噔猛然地抖动了一下："难道是全国作文教改实验的带头人、中央教科所农村小学作文教学研究课题组秘书长朱老先生吗？"我再次打量了一下这位年逾花甲的老人：身材魁梧，两鬓染霜，笑容满面，慈祥的目光里透露出的满是和善。

"久仰久仰。"我忙下床，朱老也迎上来，同我再次握手："别客气，咱们都一样。我只不过比你们年岁大一些，多吃了几年咸盐而已。"

多么谦逊的朱老先生啊，先前，我曾在《光明日报》《人民日报》《中国教育报》《小学语文教学》等不少报纸杂志看到过有关他的报道。特别是他的作文教改实验"掌握学习""一二五四"整体优化训练体系的形成在全国反响很大，遗憾的是到现在我的手头还没有一份相对完整的实验报告。

当我把这说给他时，他爽快地答道："有的，有的。"他一边说一边忙从手提包里抽出了一份铅印的材料递给了我，然后谦逊地对我说，"没什么新东西，都是大家做过的了，我不过是总结总结。"

　　我按捺不住内心的喜悦，接过稿子感慨道："我正想要看您的这些东西呢，这真是踏破铁鞋无觅处，得来全不费工夫啊！"

　　听我这么一说，朱老也哈哈大笑起来，再次强调："也没什么新东西，都是总结别人的做法。"

　　稍微沉默了片刻，朱老又向我问道："占龙，你年纪不大，能参加上这样的会议，是获得过国家什么样的奖励呀？"

　　"没有。"我摇了摇头。

　　"省里呢？"

　　"也没有。"我再次摇头。

　　他似乎有些不相信，用疑惑的目光看着我。当我把自己平时在教学过程中如何搞教研，如何撰写经验论文的事告诉他后，他意味深长地对我说："搞学问就得老老实实，来不得半点虚假。特别是你们在第一线的同志，自己都有一块基地，教研起来也方便。长写点文章多积累点经验那才是本钱，胸无点墨，一辈子只能当个教书匠，靠投机取巧，欺世盗名，到头来只能是搬起石头砸自己的脚。"

　　朱老的话叫我好一阵激动，陡然间，让我想起了古代孟子的话："诚者，天之道也；思诚者，人之道也。"诚，不伪饰，袒露胸襟，脚踏实地，如同一轮朗月，把光无私地辉耀给这个可爱的世界，给予黑暗一束光亮；诚，又如流淌的泉水，它能洗去山石上的尘埃，冲掉人间的浮华，给人的心灵留下清澈、透明，唱响淙淙永恒的歌。朱老的一席话，不正是孟子"诚"的真实体现吗？在我稍有阴云的心头上，倏然射进了一缕灿烂的阳光，让我更加心明眼亮。

从沉醉中醒来，就这样，我们的谈话他一句，我一句，一直谈到很晚。由于一天坐车的疲劳，10点钟之后，我便躺在床上昏昏入睡了。

可当我一觉醒来，见朱老意外地还没有入睡，他坐在台灯前翻阅着放在桌子上足有半尺多厚的全来自国各地的稿子：有教师的，有学生的，也有一些专家学者的。只见他时而冥思，时而动笔……

"朱老，快睡吧，明天大会还有很多事需要您去做。这么多的稿子，一晚上怎么处理得了啊？明天再看吧！"

"明天？"他听我这么一说，仍是嘿嘿一笑说，"今天的事就得今天来做，不能留给明天，否则就是欠债。"

多么质朴，多么纯真的语言啊，没什么漂亮的辞藻，却完完全全地道出了一个老教育家的心声。

几句简单的言谈之间，我又得知朱老身兼多职，既是全国小学语文学法指导研究会理事，又是《中国农村小学作文教学》丛书主编。怪不得他把这些稿子分门别类摆放了满满一桌子呢！原来，他正是用人们休息的时间来默默无闻地编织着作文教改这只美丽的花环。由此，我陡然联想到了东汉历史学家班固编撰的《汉书》中的一句话："信臣为人勤力有方略，好为民兴利。"朱老为人勤奋努力，立志为众多教师兴办教育科研这件有益的事儿，是否也从古代信臣那里得到些许的教益呢？

在下不敢确切地下这样的结论，但我意识到在不久的将来，又一集《中国农村小学作文教学》论文集会在这里诞生，飞往全国各地……

斗转星移，时光又转回到了我的小屋。"当当，当当……"时钟一连打了六下，窗多已经大亮。妻子忙着大喊："占龙，上班快到点了，还傻愣着干啥？"

我如同大梦初醒，马上看了看自家书架上那台多年的老钟，急忙放下手里这封来自远方的朱老的信，饶有兴趣地问妻子："你说咱家什么东西最准时，也不偷懒？"

妻子几乎不假思索地回答："挂钟呗！"

对了，在我的书架上，就端端正正地挂着一台烟台产的紫檀色的老钟，由于岁月的侵蚀，没有了当初的华丽，早已浮上了一层沧桑，显得那么古朴、典雅。几十年来，一直陪伴着我，它是那样的忠实，那样的不辞劳苦，嘀嗒嘀嗒，似乎一刻也没有停过。

朱老啊，您的为人，您的工作态度不正像那台紫檀色的老钟吗？

- 书写灿烂辉煌的人生 -

　　我不算懂书法，但我喜欢品味欣赏书法，我觉得好的书法会给人一种美妙的艺术享受。所以，每逢闲暇时，我总会坐在计算机桌前，在网页上聚精会神地搜寻名家的墨迹。

　　是夜，我又像往常一样点进了中国书法家网。轻轻滚动鼠标，忽然，在网页的左上方蹦出了一幅彩色照片：一男士站在桌前，手握如椽大笔，昂首挺胸，气概不凡。我用鼠标再次点击，一个特大号的"龍"字陡然蹦跃在页面上，正对下方乃竖书唐代著名诗人刘禹锡的名句："山不在高，有仙则名，水不在深，有龙则灵。"那笔锋，那笔韵，着实让我血脉偾张。再一看落款，更是让我眼前倏地一亮，是你吗？——徐可大，多年前，我在朋友的口中就知道您的大名：中国书法家协会会员、沈鹏艺术馆副馆长、辽宁国画院书法专业委员会主任，一级美术师。自幼随祖父学习书法，长楷行草，能魏隶，涉猎广泛，德艺双馨。之前耳听为虚，今天在网上算是眼见为实了。

从情感上来说，我很喜欢他的这幅"龍"字。倒不是因为我的名字里有"龍"，而是这幅字的构思匠心独运，别具一格。从作品感觉，到字的书写笔画完全从人体的形态，树木枝干，S形曲线等自然元素中得到启发，并巧妙地融入他的书法艺术之中。特别是"龍"的笔墨线条厚重有力，舒展自然，既透出龙的风骨，且又不乏"龍"的奔放灵动之妙，这怎会显现不出一个汉字整体的和谐之美呢？

"龍"古代传说中的神异动物，不但长得怪异，有鳞，有角，有脚，有爪，在天上能飞，到水里能游，还能呼风唤雨，法力无边。而可大先生所书的"龍"，再配上刘禹锡的名句，正好与古代的传说遥相呼应，其内涵一下子就凸显了出来。今也恰好得知，徐可大先生也属龙，他身虽布衣，但因其书法的成就，在抚顺早已是大名鼎鼎的书法家，是一条真正了不起的龙，他家乡《抚顺日报》《抚顺工作》刊头字，外地的"北镇市客运站"，北方文化艺术网，西泠印社出版的《雅竹风情》等书刊题名，以及学校、酒店、旅游景点写牌匾刻石百余处。他题写的作品都具有持久的美感，无一不是到好评如潮。

欣赏完"龍"字，我马上又转到了可大先生的空间，鼠标首先锁定在了一幅大大的"福"字上。四四方方的红纸黑字，更显现出了它的传统魅力。可大先生的"福"却不同于一般意义上的"福"，细细品味，里面包含着"田""子""才""寿""礼"等字，这不就寓意着百姓人家多田、多子、多才、多寿、多礼就是多福吗？每逢过年，亲朋好友索"福"，他都要拱手相送。他说："大家都夸我这'福'字写得好，我要把这'福'送给大家，过年挂上更有意义。"我们不禁感慨：可大先生送的就单单是一个"福"字吗？不！他送去的是满满的喜兴，是对朋友新年美好的祝福，是对幸福的一腔憧憬。

他的"福"字笔法精湛，结构合理，既有功力，又有内涵，即潇洒又不失稳重，既美观又不失个性，既流畅又饱满。很多人细细品味过他写的这个"福"字，并与历代名家"福"字相比，似乎找不到比这更好的、更潇洒漂亮的"福"字，能感受一下这"福"字，实在也是一种缘分，也一定会使你身心愉悦，因而也一定会给你添上一点福气。网上传他写的这幅"福"字，是在几年前"迎新春·为群众写春联活动"时写的，今天观之仍觉墨迹未干，还闪耀着墨润的光泽，可见他的书法功力是何等的了得？除此正常书写合理收费外，像这样为社会纯粹尽义务的活动，他不索取任何回报，很有社会责任感，他希望他的书法给人们带来光亮，给书坛留下一点有益的印记，他说，这就是人生的价值和艺术价值之所在。可大先生的身上没有一丁点的铜臭味，他的人格魅力不正像钻石上莹莹闪烁着的光芒吗？

品味完了"福"字，我又把鼠标锁定在了下一幅书法作品《雷锋赋》上。这是在去年中秋节前夕，应抚顺驻兵"雷锋团"之邀，创作出的一巨幅书作。据说国内来过一些书法家都没有信心写这样的大作，这次直接邀请可大先生，不能不说是对他的特别信任。在三米六二乘一米四四的丈二大整幅宣纸上，可大先生用了多半天的时间就写好了这千余字的文赋。字迹清晰，线条的内涵与情趣、意境、格调的统一，让人久看不败，足见其书法功底非凡。事后，有人将该书法作品拍照传到网上，获众多网友点赞，可大先生及时回帖："感谢朋友们的支持和鼓励，作品中有好多不足，我还应当再不断地进步，学无止境，艺无止境。"

鼠标继续点击，网页一页一页地往下翻。观看他上百幅各种风格的书法，犹如在高层次的书法殿堂中徜徉，陶醉其中……我又打开互联网，点一下"徐可大"三个字，立刻有几百条有关他的信息。他的名字早已随着互联网传遍了祖国大江南北。现在，他依然一如既往地在他所喜爱的书法艺术之中，奋力耕耘，他不随时风转，一直多看多读，多思考多实践。他继承先贤，博采众长，有属于自己的书法风貌，并争取雅俗共赏。细看他的字，丰富多彩，力透纸背，他那有自己特色的书法线条犹如一个个美丽的音符，把紧时代的脉搏，在唱响祖国最优美的旋律上跃动。

- 送人鲜花，手留余香 -

对于许清泉这个名字，我早有耳闻，也知道他居住在长春，与是我东北老乡。真正认识他，还得从他的《题墨竹图》这幅画说起。

微信里，我们同在一个群里。那天，许先生把自己题字的画作，传到网上，被我无意看到。随后，我手指轻轻一点，点了个赞，许先生马上回复了我。再之后，我们便成了网友，相互留了电话。

许先生念我爱竹，所以，特将这幅《题墨竹图》原件用快递寄送给我。接到字画，兴奋之余，让我感慨，让我心驰神往。

见到画面上的内容，让我首先想起了竹鞭来。竹鞭的生长态势，可谓潇洒，无拘无束。高高的身条，从岩石缝里伸出地面，一簇一簇的，直冲云霄。难怪有人用魏晋时期的竹林七贤"相与友善，游于竹林"

来形容他们的友善和潇洒。

在生长的岁月里，这些竹鞭你长你的，我长我的，从不相互攀比，非常自由。这又让我想起了许先生所居住的"六无斋"。何谓"六无斋"？用他自己的话讲，就是学无文凭，生无依赖，人无信仰，身无党派，目无权威，心无崇拜。只爱山水，重友情，以诗词书法为终生事业。许先生这种谦逊、低调的心态，这种追求脱俗、虚心自持、淡泊名利和富有气节的精神气质，和竹子的虚中节外，生而有节，秀逸而富有神韵的自然特征，又是多么的吻合呀！

竹，刚正不阿，没有一丁点儿的弯曲，无不透露出坚贞的气节！它们不像花草具有浓郁的芳香和艳丽的色彩，却给人以原汁原味的质朴美感。正如元代诗人杨载在《题墨林》中所云："风味既淡泊，颜色不斌媚。孤生崖谷间，有此凌云气。"我坚信：这就是对竹子的一生最确切的评价。

许先生生活在北京兰亭书画院这个大家庭中，他虽任院长之职，但却能和大家像兄弟一般相处，又牢牢地坚守自己的个性发展。这种行为不正像生长着的竹鞭吗？

见到了竹鞭，又让我自然而然想到了竹子的根。秋冬时节，竹叶、竹茹、竹沥、竹黄，都能时时刻刻地将自己所汲取的能量，向下输送，促进竹根的生长，为竹根积蓄大量的阳光。待到翌年春季，春风吹起，春雨滋润之时，竹笋会一夜之间，破土而出，拔地而起。短短的一个月，就可以长到成熟的高度。这该是一种怎样的速度啊？这该是积累了多么大的能量啊？

许先生是当代著名诗人、书画家。诗词书画均师承当代圣草林散之先生，又自幼潜心研习"二王"书法，遍临历代名家碑帖，功底深厚。其作品，诗书合璧，自成一家，极具收藏价值。作书以行书为主兼及楷隶，笔力遒劲，蕴含丰富，沉稳中多有飘逸之感，潇洒中更具清劲之姿。诗词书法作品，广泛流传于中国港澳台地区、日本、韩国、新加坡、美国等地，深受广大书法爱好者喜爱。作品多次在"华夏杯""英林杯""中国百诗百联"大赛中获奖。另有百余首获奖诗词作品，录入国家重要典籍，诗书作品《立春日楼头望远即兴》，被钓鱼台国宾馆收藏，《雪后登山海关》一诗，被文化部、中国文联、湖北省政府收藏，并由书协副主席胡抗美书写，在上海、南京、长沙等地巡展。

许先生之所以取得了这么大的成果，不就是平时几十年，刻苦钻研、吸收营养、积蓄能量、厚积薄发、坚韧不拔的竹根精神的完美体现吗？

说到竹根，自然而然让我想起竹根雕来。竹根雕当然是以竹根为原材料，雕刻而成。当你走进工艺品商店，展台上摆放着的各种竹根雕，古香古色，各具情态，惟妙惟肖。有的是一只弯弯的小船，昂首翘尾；有的是一条大鳄鱼，张着大口，露出尖利的牙齿；也有的是一尊大弥勒佛，脖子上挂着念珠，笑盈盈地张着大口。形态栩栩如生，活灵活现。

古代大文学家苏东坡曾诗云："宁可食无肉，不可居无竹。"这就是古代文人雅士对竹的青睐和崇敬的程度，当然，现在也不乏其人，这些精美的艺术品，走进了高档的楼堂馆所，走进了普通的百姓人家，装扮着人们美好的生活，这不就是竹的伟大之处吗？

现如今，许先生的诗书画，也被社会各层人士收藏，有的还走出了国门。"送人鲜花，手有余香。"这不正是对许先生高尚人格魅力的最好诠释吗？

– 一颗文坛"小星"绮丽的辉煌 –

月亮，在深邃的夜空中闪耀着灿烂的光辉；星星，也不示弱，在茫茫的夜空中，不停地眨着眼睛。我，仰望着夜空，不断地在搜索寻觅。我的努力终于没有白费，找到了，那不就是一颗辉映灿烂之光的小星吗？

——这颗"小星"辉映在文坛，便是我文中的主人公——姜彦文，现在他已经是海南航空集团直属公司的副总经理了。

时光让我们倒回 20 世纪 80 年代末，认识时他不过才七八岁，那时他在宋站一小就读，我是他的班主任老师。姜彦文是宋站镇宋站村的一个农家孩子，他学习刻苦，从小学二年级就坚持写日记，那时候不会写的字就用拼音代替，小学下来，他就写了五六本了。他的学习成绩以及在校表现一直很优秀：一年级就当班长，三年级成为校少先大队大队长，中学阶段一直是班级的语文课代表，学校的团委书记，从小学到中学多次被评为校、镇、市三好学生，是同学们学习的楷模。

1991 年，他写的作文《悄悄话》就在《小学生作文》杂志发表了。接着，他写的《下任总编该是谁》在《百家作文指导》一炮打响。编辑部的所有编辑人员看到这篇稿子后纷纷传阅，盛赞他小小年纪就想当总编，竟会有这么大的雄心壮志！以后作文一发而不可收。他写的《难忘的一天》获得了《百家作文指导》和《时代》杂志社联合举办的"铁人杯"全国小学生作文大赛一等奖，并被收入《"铁人杯"获奖作品集》，以后又有多篇作文被收入《全国少儿社团习作精选》《小学生作文》等书籍中。《百家作文指导》杂志社总编杨普瑞教授亲率主编赵丹青、彭荔卡一行三人来学校采访他。杨总编见到他一下子就把他抱住，第一句话就是："彦文，我老了，如果将来我退休的话，这个总编一定让你接！"这个采访纪实，后来在全国青岛小语会上播放，产生了良好的轰动效应。

姜彦文在学好功课之余，广泛阅读课外书籍。他没钱买更多的书，就替别的同学做家务，帮忙干一些力所能及的活换书看。姜彦文在校领导及教师的支持下，又参加了《小天鹅》杂志社举办的函授学习班。哈尔滨市小天鹅少儿文学函授学校校长、著名儿童文学作家杨臻教授曾亲到宋站第一小学指导过他。

受影视作品《变形金刚》等启迪，姜彦文又在 1992 年暑假接连写出了《人类大战怪星球》《寻找外星人的足迹》《波儿历险记》《龙龙保护海底城市历险记》和《小巨人闯国家》等科幻童话多篇。

在我的精心编改和著名作家杨臻的帮助下，一部以《人类大战怪星球》为书名，内含 9 篇童话寓言、12 篇习作和 30 篇日记，加上教师点评和解析的 17 万余字的童话集于 1993 年 3 月由哈尔滨出版社正式出版发行了。《黑龙江日报》、黑龙江电台、电视台、《绥化地区报》、肇东电视台、《肇东报》、《小天鹅》杂志等多家媒体都先后报道了他的事迹。《百家作文指导》杂志社曾收到一封来自美国的稿件，内附小作者父母的来信，盛赞姜彦文对其影响。

姜彦文说："这本书出版了，我很荣幸，这里有刘老师的辛勤汗水，有作家老爷爷的热心关怀和指导，还有我母校的领导们的心血。我要继续努力学好文化课，为将来打下更坚实的基础。"

姜彦文果然不负众望，在 1999 年以优异的成绩考入了黑龙江大学，进入了哲学与管理学院学习。由于家庭贫困，难以支付他每年近万元的高额学费和各种生活费用，他就上午在校学习，下午到软件公司工作。他工作勤奋，又有专业知识，公司很快就提拔他当了业务主管。大学期间，他就已经成为该公司全球最年轻的业务主管。

大学毕业后，他被分配到了天津武警总队政治处（正连级）工作。不久，他又被北京海尔总部聘去做市场策划。这期间，他一边工作一边供在南开大学上学的爱人圆满地读完了硕士学位，爱人直接留任天津南开大学任教。最后，他又被海南航空集团聘去做管理工作。海南航空集团业务遍布全球，下设有 5 个直属公司，他就被任命为其中一家直属公司的副总经理。现在，他所供职的企业被评为"全国百强企业""中国企业 500 强""中国百家诚信示范企业"……这里亦有他的辛勤汗水。

姜彦文不但在高新企业兼副总，自己还与人合伙投资建有专门生产能源替代产品的工厂——锂电池厂。现在他已经被天津市某区授予"优秀企业家称号"。在我电话采访他，聊到他个人的情况时，他说得最多的一句话就是："老师，我不适合当干部，如果我要是在部队不走，现在该是正团级了。过去，我家太穷，穷怕了，搞经济正适合我。"

是啊，三百六十行，行行出状元。他，在这经济大潮中披荆斩浪，勇往直前，成长为一名名副其实的弄潮儿。循着他的人生轨迹：从一颗文坛的"小星"到一个国内知名大企业的高管，他找到了自己的人生坐标，给自己的人生重重地抹上了一笔绮丽的辉煌！

－ 我的脸，像被人重重地打了一巴掌 －

这辈子活得，从小到大竟挨骗了。

小时候，邻居的阿三拿着自己手里的一角钱，说是上商店给我买糖去，结果左等右等老半天，人回来了，糖却装进了他的肚子。等长大了，成家了，遇上在家附近打工的几个民工，嫌工地伙食不好，想让我给做点好吃的，改善伙食。我二话没说，就给请到家里来，亲自下厨房，大鱼大肉地做。民工说开工资就给伙食费，结果开了工资人跑了，至今血本无归……

类似于这样的事儿，多如牛毛。这也情有可原，可最让人不能理解的是，竟然让自己的眼睛给骗了。

开学初，班里订了三份《语文周报》：松松、丽丽、勇勇各一份。

前几期送来的都不错，正常，完好无损。唯独这一天，这三份报纸，邮递员送来时，竟然有一份皱皱巴巴的。给谁？我顺手塞进衣兜里，一脚迈出收发室的门，心里就犯了寻思：给松松？不行，跟松松爸爸从小就是光腚兄弟，那么好，他会有想法的，伤了多年的感情。给丽丽？也不行，那小姑娘拧得要死，还不说你老师偏心眼儿才怪哩！那只能给勇勇了。哎，更不行！勇勇谁还不知道，啥事儿只要不如意，就总爱在班级里又哭又闹的，也犯不上。那也得想个法子啊，唉，有了，我拍了拍脑门儿，诡秘地一笑。

"大家请注意，《语文周报》又来啦！"我来到班级，特意把嗓音提得老高，"可惜不够，就来这一张，还弄得皱皱巴巴的。"说着，我举起了那张报纸，问："你们三个谁要？"

我的眼力肯定不错，我假了一个场面，三个孩子准会一哄而上。可那天我眼力真的不给力，明显低估了这几个孩子的智商，真是出乎了我的意料。松松、丽丽、勇勇都相互对视了一下，谁也没动，也没言语，最终又都把目光集中到我这儿了。

"啊，嫌不好？"我猜谜似的，心里想，"这些小精灵，准是猜出这兜里的奥秘了，还不亮出来，让他们抢哪张是哪张算了。"

"哈哈哈哈……"

"笑啥？"

我刚把另外两张报纸从拎兜里掏出来，教室里立刻就是一阵哄堂大笑。我的心狂跳了起来，自己本想耍个小聪明，岂料被八九岁的孩子识破。屋里况且都是水泥地面儿，要是有个地缝我都想钻进去。总以为他们还小，总以为他们还不懂事儿，由此看来，是我的眼睛骗了我。于是，我整了整衣领，自我解嘲道："我方才不过是跟你们三个开个玩笑，其实一张也没少。"我将计就计，"现在，你们自己来拿吧，拿哪张算哪张。"说完，一摊手，散放在了讲台上。

我的话刚一出口，就见几个孩子冲出了座位，跑到了讲台前。

"我要这张！"

"我要！"

"我——"

他们三个，几乎同时按住同一张报纸，不放。

怪，还是那张皱巴巴的《语文周报》，方才给谁谁不要，这回又都抢起来了。

——怪？我忽而又像觉察到了什么？孩子们看着虽小，但已经长大了，也懂得了礼让，先人后己了。他们的心就像一块美玉，洁白、透明、温润。而我不谙世事，却总用一种功利自私的眼光来看待涉世未深的孩子，多么悲哀呀！

突然，我的脸红红的、火辣辣的，像被人重重地打了一巴掌……

04

放飞梦的羽翼

－ 追寻长寿花的梦 －

一个风和日丽的假日，外面灿烂的阳光透过玻璃窗射进屋子来。窗台上，摆放着几盆红艳欲滴、亭亭如盖的长寿花。正好把这斑驳的影子投放在紧靠窗台的电脑桌上。

我坐在电脑前，正饶有兴致地浏览着全国各地的来稿，急着编辑下一期的小报。倏地，我眼前一亮，"张田若"三个字赫然出现在电脑屏幕上，此时，我的眼前出现的似乎不是长寿花的影子，而分明是张老那身体硬朗、精神矍铄的身影啊！因为这来得太快，简直让我不敢相信自己的眼睛。

日月如梭，让我们把时光再拉回到三年前的那个秋天吧！当时，正值全国农村小学作文教学研讨会吉林会议，那时，张老已年近花甲，早已两鬓染霜了。会议就设在四平梨树，其间议程紧锣密鼓：市长欢迎致辞——与会专家学者研讨——学生当场作文——大会总结表彰……一个星期的会议时间很快就结束了。但张老坐在主席台上阐述国内国外教育发展形势时引经据典、滔滔不绝的发言至今让我历历在目。

此后，在《中国教育》《小学语文教学与研究》等国家级的刊物上，我便不断看到张老写的理论性文章。那深刻性、前瞻性、国际性的大教育观无不令人慨叹，无疑对中国教育教学的改革起到了引领和推动的作用。与此同时，我也有意无意地对张老的人生履历更加关注了起来——

新中国成立前，张老毕业于浙江大学，曾任第二野战军政治部秘书，军大助教。新中国成立后，从部队二野转移到地方，1953 年随著名教育家楚图南先生到北京中央扫盲委员会任教研组组长，后又到人民教育出版社任小学语文编辑，中央教科所任研究员。离休后，又被上海师范大学教科所聘为兼职研究员，曾任全国集中识字教学研究会会长，全国"集中识字""农村作文教学""语文多思教学"等多个课题组的组长。从 20 世纪 60 年代到 21 世纪初，编辑过五套全国通用的小学语文集中识字课本。从事小语教学研究与实验 55 年。著有《集中识字》《大量读写》《分步习作》等多部专著，2010 年又获教育部"全国基础教育课程改革教学研究"一等奖。又先后到德国、马来西亚、新加坡、中国台湾等国家和地区讲学。宣传自己的教育思想。目前，仍在着力编写《国际通用中文读本》，希望有助于解决世界各地孔子学院的教材，并编写小学语文教材史。

张老现已 90 岁的高龄，像他这么大的年纪，早已是避世隐居、颐养天年、在家享受儿孙绕膝的天伦之乐的年纪，可他却勤勤恳恳，仍然在布满荆棘、高深莫测的教育科研道路上不停地跋涉，为追求自己理想的"科研梦"，最大限度地彰显了生命不息、探索不止的恢宏气势。这感人肺腑、催人奋进的一幕幕，不能不让我再次想到窗台上的那几盆长寿花。

长寿花默默无闻，它把自己的根深深扎在泥土里，吮吸丰富的养料，再供应给它的茎、叶和花朵。它花瓣是桃红色的，婴儿指甲盖大小，四片两两相对，组成了一个浓缩版的红牡丹。玉一样的蕊丝，顶着一个米粒大小的蕊头，散发出的淡淡清香，溢满了小屋。它不求取谁的赞誉、掌声以及任何回报，甘愿奉献，怎能不令人敬仰？

它的花朵虽小，不起眼，但从不因自己弱小而悲观，却心甘情愿地充当花草中的无名小卒。它虽然不像牡丹、康乃馨、君子兰那样家喻户晓，但它起初开放时，一朵两朵不被人注意，等到五朵六朵……突然之间会让你意外惊喜：一簇一簇的花蕾聚在一起，花团锦簇，活像一盆盆正在燃烧的火焰，照亮了我的斗室，照亮了我的心。汲取日月之精华，绽放出惊世之美丽，难道这不是长寿花的梦？

长寿花不单单如此令人心驰神往，而更重要的一点还在于它的花期长。它不是开完一茬凋谢就草率了事，更不会因为自己没有名气而气馁、自暴自弃，或中途停止开放。它不是昙花一现，而是一年四季都在开花，这一朵刚刚落下，那一朵就争着绽放，从不怠慢，永远保持着生命接续的青春活力，真不愧有"长寿"之美誉。

长寿花适应环境能力强。它不甚择土，气温凉点热点，水分多点少点，肥料好点差点都不大影响它的生长。它生存的能力特别强，你若折断一个枝杈插进土里，没过几天照样会活过来，照样会发出新的枝叶，到时候照样会绽放出一样的美丽。它坚强不屈，无私奉献，团结奋进的精神不正是对张老人生最完美的折射吗？

张老一生研究的是小学语文教学，却从不因为是"小儿科"影响他的声誉。正像长寿花，从不因为它的弱小而使它的美和香打上一丁点儿的折扣。花草不分贵贱，只要开花就能释放香气，就能美化环境，就能对人类有所贡献。张老已 90 岁高龄，仍然扎根在教育科研第一线上，坚贞不渝，青春常在。时间之久，堪比长寿花。他集思广益，正像长寿花那样"聚众"，团结一切所能团结的力量，不慕虚荣，平平淡淡，活得最真。他的一个又一个学术成果必将艺耀神宇，辉映当代，利在千秋。这难道不正是长寿花枝头上所绽放出来的灿烂吗？

　　抬起头，再次审视窗台上的这几盆长寿花，顿生感悟：张老孜孜以求的一生与长寿花是多么的如出一辙啊！多少年来，我努力追寻张老的梦原来近在咫尺，就是长寿花的梦啊！

— 向"善"进发 —

我本不信"佛",但我信"良心"。可妻子说"不",并向我下了最后通牒:光心里信不行,还必须表现在形式上,这样,才实为真正进入了佛门。

妻子年轻时在服装厂工作,从那时起,就心地善良,崇敬高尚。厂子里的王师傅把自家的小鸡下的蛋,送给坐月子的张姐啦,邻居的大婶雨天把伞让给了同伴,自己淋雨回家啦,同学淑玲谁家有个大事小情都主动跑前跑后啦,学校里的王老师把没爹没娘的孩子领回家吃饭啦……她把这些好人好事常常挂在嘴边儿。

特别是一到晚上,躺在床上闲来无事,每每对我讲起来,都是眉飞色舞。讲到了关键处,甚至都会激动得两眼晶莹。有时,我已昏昏入睡,她也会在枕边把我推醒,讲她在街头巷尾听来或看到的好人好事。我有时实在困得不行，就睡眼蒙眬，半醒不醒地躺在那里，东一句西一句地听着。时常是她说得津津有味儿，而接收到我耳朵里却是半拉不落，只言片语。

妻子在讲这些好人好事的同时，也讲那些令人不齿的事。谁家孩子不孝敬老人啦，谁家儿媳妇给老婆婆气受啦，谁家孩子不好好工作，吊儿郎当啦，谁家孩子因为抢劫进大狱啦，谁谁谁耍大钱把家业败光啦……有时说到气愤处，会大声骂娘。有时我不愿意听，看她情绪激动，劝她："这事与你有何相干？东家常西家短，你不嫌累呀？再说你生这闲气，也不值啊！"

可妻子却显得理直气壮，坚决地回答说："我看着来气！"

妻子就是这样一个人，好打抱不平。后来，好心的邻居张二姐发现她心眼儿好，是非分明，就主动来我家，规劝她学佛："大妹妹，你心眼儿那么好，信佛吧！"一句话，正好点到了妻子那个善念的穴位上，没费吹灰之力，就把她领进了门。

妻子学佛学得"诚"，不动一点歪念。除工作、睡觉、吃饭以外，几乎把所有的业余时间都用在这上面了。光这样还不够，行善，还必须得要付诸到实际行动上。

妻子这样说的，也是这样做的。邻居张大妈年岁大了，眼睛花了，冬天做不了棉衣，她就主动把布料棉花拿到家里，一天一夜没睡觉，给做好了拿去。南方一对打工的中年夫妻，包工头卷钱跑了，没给开工资。冬天没棉衣，冻得出不了屋，又没有钱买车票，回不了家。她看着这对夫妻可怜，就背着家人，给他们每人买了一套新棉衣棉裤，走时又花1000块钱给每人买了一张返家的车票。临走时，这对夫妻感恩戴德，一直在道谢。可她大嗓门，淡淡地道出了这么一句话："谢啥，行善而已，我应该做的！"

更甚的还在后头呢！东北这地方冬天夜里好下雪，第二天一早，就得大人孩子全家出动扫雪。这天夜里，正好下了一场大雪，平地半尺多厚。早晨，外面曙色刚刚敲窗，妻子就出门了。以为是出外小解，或是有什么事，一会儿就能回来。可左等右等，孩子们都做好饭了，她还是没回来。于是，到处打电话，都没有找到，这回全家可慌了手脚，各处撒下人马去找。结果，还是大女儿给找到了。当时，她正拿着一把大扫帚在外面扫雪，累得汗流满面。

大女儿不解地埋怨道："你这是干啥呢？走时也不告诉一声，你都多大岁数了，冬天路这么滑，万一摔坏了怎么办？"

可她说了一句话："没事儿，有佛保佑呢！"这话一出口，把女儿弄得哑口无言，不知怎么回答是好。

　　大女儿不解："再说你都多大岁数了，图的啥呀？我看信佛的多了，谁也没像你这样！"

　　"我什么也不图，就图个佛保佑咱家太太平平的。再者说了，学佛要真学、真信，不是光挂在嘴上，要付诸到实际行动上，真心实意去行善！"大女儿默言，也拿起一把大扫帚，加入到了这支特别的清雪大军中……

- 吊瓜送暖 -

三月里的一天，春意浓浓。老伴闲来无事，就在自家后院的仓房外墙底下，掀开了一块瓦砾，有意无意地将一粒吊瓜种子埋在了那里。

我一直在外地谋生，当两个月之后的端午节，再返家过节时，我的眼前却出现了意想不到的情景：小小的煤仓水泥瓦盖上，亭亭如盖地苫上了一层绿色。这是小院里唯一的一块绿地，四平方米左右。细细看去，主藤从墙根儿顺着墙一直爬到一米多高的房盖顶部。藤蔓大拇指粗细，十分圆润，上面错落有致地举着一把把荷叶般的大扇子，清一色地平铺着。灿烂的阳光下，绿意油油，焕发出勃勃的生机。

走近仓前，微风一吹，满仓房顶部的叶子就如同一泓碧绿的湖水，此起彼伏，散发出阵阵其特有的浓重草香。这时，左右两边的邻居，也都会聚拢来，探头探脑。特别是东院的邻居男主人大刚，他不知道这是吊瓜，还以为种的是倭瓜呢！惊喜地嚷道："你家这倭瓜秧长得咋这么好啊？鲜亮鲜亮的。"

西院丹丹家的小妞妞患了感冒，哭闹得不行，怎么也哄不好，老伴伸手就把吊瓜秧的叶子连同叶柄掐下一根来，送给小妞妞说："别哭，奶奶给你的，可别让孩子哭，大热天的，多上火啊！"

小妞妞接过这叶子，手里握着叶柄，立马破涕为笑了。

吊瓜秧吸收二氧化碳气体，呼出的是氧气，正好清新了小院的空气，这怎能不令人有一种心旷神怡的感觉呢？再加上平日里，远离农田邻居们很少见到点绿色，当然都对这翠色欲滴的吊瓜秧，兴趣十足。于是，小院的上空无时不荡漾着一阵阵欢声笑语，充溢着快乐和温馨。

又过了几天，一个星期前的一个早上，我起床后，又来到了后院的仓房前。一阵微风拂过，满仓房上的绿叶，涌动了起来。突然间，让我意外地发现，在每一个叶柄与主藤交叉处，都生出了一朵小花来。细细看去：小花还没开放，如同一根特大号的尖尖的毛笔，杏黄色的笔头，直直地立在那里；有的咧开了小嘴儿，绒嘟嘟地冲着我笑；

有的完全绽放，黄灿灿的花瓣儿妩媚娇润。水晶般的蕊梗，戴着一个金黄色的小帽，在花瓣中央探出头来。凑近跟前，用鼻子嗅一嗅，淡淡的芬芳，充溢着我的鼻息，弥漫在整个小院。

这时，我兴奋地冲屋里大喊了一声："老伴，快出来看啦，咱家吊瓜秧开花了。"老伴儿刚满脸笑意地走出来，左右邻居，估计也听见了我的喊声，也都跑出家门，奔过来观赏。

多么美丽的景致啊，大刚怀里抱着的小孙孙，望见花，馋得要命，伸出他那胖乎乎的小手，非要揪下一朵来不可。这时，大刚劝说孙子不成，他的老伴出来了，赶紧从大刚手里接过孩子说："孙子，那朵花不能揪，只能看。你瞧，那花下面，还结出一个小果实呢，要揪下来的话，果实就化了，这秧也就白长这么大了。"

"也不能都留着，该舍就得舍，舍得舍得嘛！如果都留着，到头来哪个也长不好。"

小孙孙根本不懂得我和他奶奶话里的意思，仍然伸出胖乎乎的小手。我见势伸手就揪下来一朵，放在他手里，这花，光鲜照人，小孙孙的脸笑得比这花还要灿烂。

俗话说得好："送人玫瑰，手有余香。"我倒没有特意留意过这些，但偌大的院子里，有一处绿影婆娑，馨香阵阵，俨然一道亮丽的风景！

这后来，我又去外地小住了一阵，当中秋回家过节时，我第一时间又来到了后院，这回让我心花怒放。

先前那么多的花朵都不见了，唯独靠墙角处长出了一个大大的圆圆的吊瓜。全身红褐色，如同一轮躲在碧水里金灿灿的太阳的倒影，光鲜照人。

邻居们见我归来，站在仓房前赏瓜，也都抑制不住各自的兴奋，凑过来：

"你家种这倭瓜咋长这么大？是太空种子吧，要不就是转基因的。"

"不是，谁家倭瓜长这么大，你仔细看看那叶子，倭瓜秧叶片周边是近乎平圆的，而这叶子周边是带锯、锯齿的。"

"我50多岁了，从来也没看见过这么大的家伙。"

"是啊，这东西一定是南方的瓜类，咱北方根本就没见过。"

"可不是嘛，我们以前都认为是倭瓜秧呢，现在看不是！"

还是老伴嘴快，一见大家吵闹得不行，就告诉了他们真正的答案。

的确，这是南方的一种蔬菜瓜类，连我和老伴儿也是头一次见。据人说，如果用绳子吊起来，会长得更大哩！

　　望着眼前的这个大吊瓜，这时，我却意外地发现秧上的叶子，没有先前那绿油油的光泽了，而是呈现出了一层淡淡的苍白，再细观察，那藤蔓先前的圆润也不在了，不知道何时，爬满了褶皱。我知道，这是因为它把大部分的养料，都无偿地给予了自己的果实，如今自己虽然殚精竭虑，却也高傲地走向了枯萎。

　　那一日，我正在大家欣喜之时，提议："今天咱们分头开个吊瓜会，我把这个大吊瓜摘下来，每家分一块，可以切成丝，炝炒着吃；也可以切成块或条，做汤喝，大家都尝尝鲜儿。另外它还含有丰富的营养成分。有平喘化痰，止咳等作用呢！"

　　我话音刚落，在一阵热烈的掌声中，提议通过。我不知道众邻居感不感谢我，我可得感谢他们，因为我感受到了给予和分享的快乐。

　　平复一下内心的激动，想来虽然吊瓜长在小院的仓房上，但它能够适时地给小院送来一丝绿意，送来一道美丽，送来一份收获。同时，也适时地给小院注入了一股浓浓的暖意。

－ 鸟妈妈的情怀 －

多年前，一个春天的早晨，曙色还未爬上窗户，妈妈就将父亲和我们哥几个早早地叫起，对我们说："咱家后山墙有点往下堆了，趁着天好，修一下吧！"土房就是这样，年头一多山墙就往下坐。父亲立刻响应，带领我们来到了后院。

正要准备动工的时候，忽然，一声声"叽叽喳喳"的鸟叫，打破了这清早的宁静。我忙抬起头，见一只麻雀正在我们的头顶不停地盘旋，叫声一声比一声急，显得那么焦急，那么凄苦。

我们起初没大理会这些，只是埋头干活。当父亲和我们几个把房子梁柁用千斤顶支起来时，鸟叫声更加急切了，似乎透露出一种苦苦的哀求。这时候，父亲突然手指房檐，大声喊道："看，这里有一窝小麻雀，怪不得这鸟这么叫呢！"我忙跑近前，把脖子伸过去看，父亲心疼这些小生灵，随手把鸟窝连同小鸟端了下来。我惊疑地问：
"端下来干啥呀，小鸟崽儿不得饿死啊？"

"不拿下来才会饿死呢！"父亲不由分说，小心翼翼地将它们放
在了离我们不远的一块平地上。

头上盘旋的这只鸟显然是鸟妈妈，看见父亲的举动，叫得更
急了。她一定是怕父亲伤害她的宝宝，几次险些俯冲下来，猛扑向
放在地面上鸟窝里的宝宝。我感受到了动物的灵性，在孩子将要受
到侵害的一刹那，作为母亲也会义无反顾，也会置生死于度外，解
救自己的孩子。这种本能与生俱来，绝非任何外力使然。这让我一
下子联想到了俄国著名作家屠格涅夫笔下的小麻雀，当受到狗的侵
害时，老麻雀临危不惧，从树上猛扑下来救护小麻雀的那种英雄壮
举；又联想到了我国现代著名散文作家王宗仁笔下藏羚羊在老猎人
的枪口下，为了保护自己肚子里的宝宝，两眼流泪，惊世骇俗的
一拜，多么感人的一幕啊！原来，人有情，鸟也有情，万物皆有
情啊！

那鸟窝，是用一根根柔软的小草再加上鸟身上的羽毛精心编织
而成，圆圆的，密密的，紧紧实实，是那样的小巧玲珑。这不就是
鸟妈妈为孩子们精心筑就的安乐窝吗？试想：眼前的父母和空中盘
旋着的鸟妈妈二者的所作所为是多么的不谋而合呀！

　　窝里一个挨着一个挤满了 5 个小脑袋，这 5 只小鸟，身体有的强壮一些，有的瘦弱一点儿。尖尖的喙，两边嫩嫩的黄嘴丫还未褪去，羽毛也都未丰满，尤其是躲在最里面的一只，个头最小，全身还裸露着粉红色的肉皮。我生怕太阳一会儿升高，光线太足会刺伤了它们，忙走上前想用一些砖头给它们围起来。正当我来回搬运砖头的空当，不经意间，有两只强壮一些的小鸟一溜烟似的展翅飞进了我家房后的一片芦苇丛中；另外也有两只随后歪歪斜斜地飞到了房后的榆树上，这时，窝中只剩下那只最弱小的了。此刻，它们只要有一分生的希望，就要做百分之百的努力，谁也不愿坐以待毙。人类如此，鸟类也如此啊！看来，它们对我们还存有一份戒心，一种敌视的态度，还不理解我们对它们的善意。强者逃生，弱者无助，这更增添了我对最后剩下的这只小鸟的怜悯之心。

　　该动手给它搭窝了，鸟妈妈更是不离不弃，始终盘旋在我们的头上，那叫声更是让人心里纠结，让人悲怆。一会儿飞到芦苇丛中，一会儿又飞到屋后的榆树上。这回，它好像忙得更欢了，好像哪个也放心不下。是啊，都是自己的儿女，都是自己的心头肉，哪一个能够随随便便割舍得下呢？特别是眼看着这只最弱小的宝宝，孤独无援，鸟妈妈想要救它的欲望表现得更加强烈。

　　就在这"叽叽喳喳"的哀鸣声中，我不免又为这几只小生命担起心来，倘若没有了妈妈，没有了这安乐窝，鸟宝宝如何生存下去？因为它们还羽翼未丰啊！看到此情此景，这让我不禁联想到了小时候在家，黄鼠狼夜晚咬死了鸡妈妈，撇下了一帮孤苦伶仃的鸡宝宝东一只西一只；又让我联想到了姑父姑母二人双双病故，撇下了大大小小六个兄弟姐妹凄风苦雨的惨景……这是怎样的一种悲凉啊！

搭好了窝，房子的后山墙父亲和大哥几个也维修好了。该动手修前山墙了，父亲忙叫我的乳名提醒我："小老五，仓子里有鸟笼子，把这只小鸟装上放点草，挂在树上吧，看别被猫吃了。"父亲想必也是被鸟妈妈打动了。我听了之后，赶紧把笼子挂到树上，打开笼子门，把鸟窝连同小鸟原模原样地放在里面。此时，鸟妈妈就蹲在我头顶的电线上，眼睁睁地看着我所做的一切。我不知鸟妈妈是否感谢我，反正我可得感谢她，因为是她，触动了我这根"爱"的神经，让我感同身受：天下的母亲都应有爱心，都应有责任感，既然你让你的宝宝来到这个世界，你就得让他们好好地活着，给他们创造一个良好的生活环境，营造一个安乐的窝，对他们负责。鸟雀如此，何况人乎？

挂完了鸟笼，我抬头再往电线上一瞥，不知什么时候，鸟妈妈的嘴里多了一条虫子，歪着头，正眼巴巴地望着我，不跳也不叫，静静地，眼神里没有了方才的恐惧和焦虑，好像充溢着全是对我的感激和期待。倏地，我情感的闸门猛然被一股莫名的潮水涌开，我的眼里不由自主地溢出了泪水，我不忍心再看下去，转身走向了一旁，而是用眼睛的余光偷偷地瞅它们。鸟妈妈先是试探性地从电线上跳到树上，然后从树上再跳到玉米秆堆上，最后站到了笼子上，它趁我不注意的工夫，闪身钻进了笼子里。等它再飞出来时，虫儿早进到鸟宝宝的肚子里了。

鸟妈妈喂完了笼子里的这只最弱小的鸟宝宝后，就飞走了，等我再四处寻找，发现鸟妈妈不是从芦苇丛中飞出，就是在房后那棵大榆树上落下。我想，她一定是给先前逃生的那四只鸟宝宝送食去了。就这样，鸟妈妈不知疲倦地忙碌于寻食、喂食的旅途中。其中的酸甜苦辣，恐怕只有鸟妈妈自己才能够体会到。这时，正值中午，太阳火辣辣地炙烤着大地，我们只要动一动身子，就会大汗淋漓。可是，鸟妈妈还是那样不知疲倦地为宝宝们的温饱而奔波着。

就这样，一上午的时间，我并没能帮父亲干些力所能及的活，而是为这几只鲜活的小生命不断地往返于前院、后院。事实证明：我的担心是多余的，因为鸟妈妈始终对它的孩子不离不弃。看到这，我心中有悟：那只爱心十足的鸟妈妈一就是天下所有母亲的缩影吗？父母为我们修房，是想给我们营造一个更舒适的居住环境，鸟妈妈给鸟宝宝筑窝，不也情同此理吗？

从那之后多少年来，鸟妈妈的身影一直在我的脑海中萦绕，挥之不去。让我激动，让我感慨，让我深受启迪：漫漫人生路上，母爱永远是万物不可磨灭的主题！

– 石头，别样的一生 –

从古到今，历代王朝，迁客骚人众多，对大山的赞誉，什么"奇峰突起""山舞银蛇""山清水秀"比比皆是。而对于大山的一分子——石头的赞美，却是凤麟毛角。

生活中，我倒是觉得有些人对石头的认识，有些偏见。要不在形容人的头脑顽固、僵化时，怎么常常爱用"石头的脑袋——不通窍"；在形容人不讲道理，不听劝告时，常常爱用"石头一样——又臭又硬"；在形容人自己种下的恶果，自作自受时，常常爱用"搬起石头砸自己的脚"这些民间俗语来比喻呢！说明人们对石头就没有什么好印象。

可我，对石头就情有独钟，如掌上明珠，宠爱有加。这并不是因为我有偏心，是石头真的做到了，的的确确值得我爱啊！

巍峨的高山，连绵不断的山岭，无不显示着石头的存在。

当你徜徉在大山的怀抱，你的脚下，踏着的是一层厚厚的泥土，见到的是绿油油的小草、争芳斗艳的无名野花、高大挺拔的树木，却很少能见到石头的身影。石头是大山的一部分，大山的形成，它贡献最大。但它却躲在芸芸众生的背后，默默无闻。当人类在赞美大山时，却没有它那份，好像丝毫与它无关。可它无怨无悔，并没有因为人们的熟视无睹，而暴跳如雷。仍为人类环境的美化，彰显它那伟岸的身躯，挺起它那铮铮的脊梁。

在高大的炼钢炉里，它浴火重生。作为金、银、铜、铁、锡等不同矿石，从不同的山上采集而来。它并不是有色眼镜下的顽固不化，它有内涵，是真正的心灵之美，不是吗？在烈火中，人类投进的是一块块硬硬的、不起眼儿的石头，它在此得到冶炼，出来的，却变成了比石头更硬、更有价值的各种金属。

它被人类制造成生活必需的各种不同器物，大到飞机轮船，小到金银首饰，延伸到社会的每一个细枝末节，简直无处不在。人类无不享受着它丰富的内涵，可有谁为它吟诗作画，高歌一曲呢？有谁把它放在最显眼的地方，让它一展芳容呢？你听说过评奖，都喜欢用金银来作为形象大使,什么金奖、银奖……人们给金银评过等级,可又有谁听说过给矿石奖的呢?

在繁华大都市里,我们常见到一座座鳞次栉比的高楼大厦,一个个画梁雕栋、金碧辉煌的亭台楼阁,我们不禁为此而慨叹人类的智慧。可在赞美这些建筑物美丽的同时,又有谁能想到为作为这些建筑地基的石头而歌功颂德呢?它埋于地下,一辈子也见不到阳光,甘愿处于最底层,谁也领略不到它的风姿,甚至有时往往被人遗忘。但它不愤怒,不悲伤,仍然用自己那坚硬的肩膀,默默地托起地面上的伟岸。不露峥嵘,不与地面上的部分争功。胸怀坦荡,气度非凡,终身鞠躬尽瘁。

现如今,当我们走在那平坦的马路上休闲散步的时候,你甚至根本无须关注你的脚下,因为每一条路,都是那么平整;当你驾驶着轿车,在马路上飞奔的时候,你根本没有颠簸的感觉。这路况之好,功劳最大的,当然还是石头了。它被人类打碎,搅拌在水泥里,铺在路上,没黑没白地,仰望着千千万万人的脚,从自己身上走过;千千万万的车辆,从自己身上碾过。可它从不叫一声苦,不喊一声累,与众多伙伴一道,同甘共苦,患难与共,忠心耿耿,做着自己该做的事儿。让每一个人,都走好自己的路,这怎能不让人感慨万千呢?

当你走进那琳琅满目、珠光璀璨的珠宝行时，你会在玻璃罩下，见到那一个个亮闪闪的翡翠、玛瑙饰件、钻石……这些饰件颜色各异，光彩照人。但你是否会想到那荒山野岭的石头呢？其实，它们都是从石头中来，人类把它们从地下开采出来，经过切割、打磨、抛光等多道工序之后，再摆上柜台，最终流入到消费者手中，从沉寂中来，到美艳中去。光鲜的背后，又有多少不被人知的故事呢？亭亭玉立、玉楼金阁、玉貌花容……又成了多少美丽的代言呢？原来，这都是石头的功劳啊！

当你走在林荫路上，你会看到在石桌石凳旁坐着的许多花甲老人，手拿两颗鹅卵石，在不断把玩。那奇石色彩纷呈，形态奇形怪状，大一点儿的，摆在客厅的橱窗里，有的如同一个大肚弥勒佛，坐在那里，笑盈盈的；有的如同一座大象雕塑，扬起高高的鼻子，像是在呼吸新鲜的空气；还有的状如刚刚出壳的小鸟，有鼻有眼睛的，栩栩如生。殊不知，这些奇石它们大都来自大山，经过地壳运动、山体滑坡、迸裂，大块大块的石头飞落到大山旁边的河床。再经过几千年、几万年的风吹日晒、水流冲刷而形成的结晶啊！要不，它的身上怎么会有太阳的七彩，怎么会有水流的圆晕，怎么会有风的温馨呢？平凡的石头，成就了伟大！我不知道别人感觉没感觉到，反正我是心领神会了。

曹雪芹早有诗云："爱此一拳石，玲珑出自然。""不求邀众赏，潇洒做顽仙。"石头本是大自然的馈赠，它表情凝重，铁面无私，但也不乏高雅、喜性、灿烂之色。它沉稳、坚毅、厚道、无怨无悔、默默无闻的品性，想必对我们每一个人，都有所教益吧！

－ 月影挪移 －

夜里，一轮金黄的圆月挂在墨蓝色的天空。空中，月光融融，似水一样流泻下来，铺洒在地面上，将这个不大的小屋照得更加雪亮了。躺在床上，望着这宁静的窗外，对视着月亮的眼睛，我突然想起了几年前发生在我学生身上的一件事来——

也是这样的夜晚，也是这样的月光，也是这样的小屋，但主人公不是我，是我的学生——一个小女孩。小女孩并没有像我一样安适地躺在床上，而是下了床，走到窗前，凝望那孤零零的圆月，默默地进入了沉思……

"咚咚咚"几声清脆的敲门声将这个小女孩的思绪又拉了回来，她急忙回到床上躺了下来。"吱呀——"的一声，门被打开了。不用说，那是她的妈妈。她没有改变自己的姿势，懒洋洋地抬头看着妈妈。瞧，那是一张没有被任何保养品滋养过的脸，仔细去看，那稍纵即逝的时光已在她那沧桑的脸上留下了许多细细的鱼尾纹。看着她那气势汹汹的样子，小女孩轻轻地问了一声："你来干什么？"

"今天你是不是又去打架了？"她不白费口舌，直接进入主题。——这是她一贯的作风。

窗外飒飒地起风了，树叶不停地摇动起来，月光没有了先前流水般的温柔，更加肆无忌惮地探了进来，显得格外刺眼。望着这月光，小女孩思索了一会儿，缓缓地抬起头，望着妈妈那冰冷的眼神，平静地说道："没错！"

这简短而又富有张力的语言，就像一块无比巨大的石块抛进了一条美好而又恬静的小溪中。小女孩又看了妈妈一眼，想看出她眼中的情绪是什么？是失望，是陌生，还是对一个似乎无可救药的人最后的无奈？小女孩转过身去，不再去看妈妈那双充满了复杂情感的双眼。顷刻间，房间里便进入了一种可怕的安静，这静就像暴风雨来临前那片刻的静，然而，在那静的背后，一定是大风卷起的滔天巨浪。

然而，并没有小女孩想象的破口大骂和拳打脚踢，而是"砰"的一个摔门声，她出去了。终于，小女孩心中的最后一道防线也随即轰然崩塌……

　　小女孩承认，自己并不是一个乖孩子，打架、闹事在她小小的人生是常有的，没有什么男生的事她做不了的，但是，她也并非从小就是这样。那时，她还小，由于她家做生意，妈妈没有时间去照料她，便让一个亲戚帮忙照管。那时，她只知道能够见到妈妈的机会很少。于是，妈妈一来她便缠着她，就像一块极其粘牙的胶皮糖一样。到了八九岁的时候，该上学了，于是，妈妈将她接了回来，住到自己攒钱买来的楼房里。但是，小女孩仍一天见不到她几面。有时中午她自己做饭，做完她只吃上一点便走了，有时小女孩只能看见桌上三元伍元的零花钱。也许是妈妈经常不在身边的缘故吧，所以小女孩的想法就会比同龄孩子多。于是，这种种事在小女孩看来并非是妈妈不喜欢她，而是她不注意她了，因为小女孩认为没有妈妈不爱自己的孩子，所以她的妈妈也一定这样！可是，她怎么能让妈妈注意到她呢？于是，她突发奇想先考了一次坏成绩。可是，事后妈妈只说了一句话："下次努力！"于是，她再没辙了。

　　又过了一段时间，小女孩听到有一个四年级的孩子打了一个一年级的小学生，被老师领到了教导处，狠狠地训斥了一顿。于是，她便也试着找同学碴，打了一次架。一开始，她还十分开心自己能够得到妈妈的注意。但是，当她年级越来越高时，她发现妈妈对她的眼神却越来越陌生了，越来越失望了。但她有一个问题一直不明白：

让妈妈陪陪自己怎么就这么难呢？

此时，小女孩下了床，去上了一趟厕所。突然听到妈妈的卧室里传来了一阵哭声，她先以为自己听错了，但又一听，不对，她急忙推开了妈妈的房门，原来，是妈妈在哭。这时，更让她疑惑了，妈妈无缘无故，谁也没招惹她，为什么要哭呢？

问题可能就出在这儿，因为小女孩年龄还小，她不懂这个世界，她只知道问题的表面。父亲到外面打工，常年不在家。母亲为了家，为了她将来能够拥有更美好的生活，一直都在劳碌、奔波着，实在没工夫顾得上她这个孩子。而她初生牛犊，涉世不深，却只是单纯为了能够让母亲多多注意到自己一点，却这样胡闹，多么荒唐可笑啊！

是孩子的无知，还是母亲的冷酷？我想这两点都不是，这是一个两难的事，作为孩子无奈，作为母亲更无奈，他们别无选择，只能这样，不断平衡，不断取舍。大千世界，茫茫众生，你我他，谁也逃不过，都是如此。

忽然，月影挪移，我的窗玻璃上，再没有了那缥缈的月影。透过玻璃窗，我忽然看到了一抹白色，那白，只有在拂晓的时候，才会出现的一种特有的自然现象，我知道天就要亮了。这是一天的开始，小女孩——我的学生，现在已经该上初二了，该长成大姑娘了，对这样的事情，也早该明白事理了。对她来说，又何尝不是一个新的开始呢？

－ 不懈地追寻 －

阳春三月，北国春寒料峭，乍暖还寒。春，你在哪里？犹豫，踌躇，彷徨，人们深深陷入迷惘……

我，放飞思绪的翅膀，遍寻北国的山山水水，甚至每一寸土地。寻到了，我眼前突然一亮，巍巍的大兴安岭上，你在绵延不断的雪峰上泼绿。一棵棵埋在地下一冬天的小草，拱出了地面，探出小脑袋，见到了光明，逃脱了黑暗，呼吸着新鲜的空气，翘望着美好的世界。忽然，一缕春风吹来，嫩绿小草，伸了伸懒腰，舞起柔软的小手，好像在向这个美丽的世界发出第一声最亲切的呼唤："可爱的大自然，我来了，我也是你们中的一员，希望能得到你们的喜欢！"

一丛丛绿色的松林，一片片欢乐的海洋。我站在山巅，眼望浩瀚的林海,静静地倾听着你松涛阵阵。偶尔,我看到了林中一些无名的候鸟从遥远的南方赶来,蹲在枝头上,有的喳喳,有的啾啾……这美妙的声音,伴着悦耳的松涛,简直成了一场大型的音乐会。

北国的春,你在哪里?我寻觅!

在高山峻岭之间,你博大的胸怀,感动了所有覆盖着的雪花,融化成春水,汇成一条条小溪,顺着山脊流淌了下来。流入那一直向前奔腾的小河,进入那洪波滚滚的松花江,汇入那汹涌澎湃的黑龙江。你驾着翻腾的巨浪飞奔,扑向那浩瀚无边的太平洋的怀抱。

北国的春,你在哪里?我寻觅!

空旷的原野,我发现了一群穿着艳丽服装的男男女女,手里握着线拐,将你放飞于蓝天,像蝴蝶,像雄鹰,像蜈蚣……一根丝线,一端系在母亲的心上,另一端在母亲的视野里飘荡。

北国的春,你在哪里?我寻觅!

簇簇紫丁香,有眉有眼的,咧开小嘴儿冲着你微笑。花的世界里,你第一个来到北国,用温馨酿出来的满树芬芳,溢出了一个个小院,飘越过一道道山梁，弥漫着北国所有的大街小巷。于是，人们醉了，满脸挂着喜悦在明媚的春光里徜徉。

在杏树的枝头，我寻到了你，你出神入化，点染出一张张，粉红的嘴唇。广阔的原野，你染黄了一朵朵蒲公英，向世人绽露出你的微笑。小小的花朵，如同甜甜的酒窝，有你的温暖在里蓄积，有你的灿烂在里栖息。

北国的春，你在哪里？我寻觅！

一只只乌黑发亮的燕子，从南方赶了回来，三五成群地蹲在电线杆上，在那儿"叽叽喳喳"地聊着。有时落在村头的水塘边，一口口叼着春泥，飞到农家的屋檐下垒窝。筑就了春天般的温馨，筑就了一生的安宁。

夜晚，皎洁的月光流淌了下来，照在树外那一洼洼的池塘里，照在那绿绿的草地上。池塘的水，灰蒙蒙地亮，静默得很，像是给周边点亮了一盏神秘的大灯。忽然，池边草丛里，传来阵阵蛐蛐"唧唧吱、唧唧吱"清脆悦耳的叫声。远处的布谷鸟也在"布谷布谷"地亮开了嗓子，蛙声"呱呱"四起，闹起了春潮。

北国的春，你在哪里？我寻觅！

走进田野，放眼望去，广阔的黑土地上，你给铁牛全身披上红色的长袍，隆隆地撒着欢。翻开黑黝黝土地，眼前一条条一排排的垄沟垄台，正以千军万马、排山倒海之势向春进军，迎来美好的夏，收获丰硕的秋，岂不美哉？

北国的春，你在哪里？我寻觅！

踏进繁华的街市，人们都纷纷走出家门，人潮涌动。脱掉厚厚的棉衣，身着鲜艳明丽的单衣，喜迎你的灿烂，笑语喧哗，绽放出你的五彩缤纷。

孩子们的脸上，在那一笑两个小酒窝儿里，我看到了你那缕缕的灿烂，在拧着劲儿地打旋。春风化雨，一会儿，你溢满了欢乐，流淌着幸福！

耄耋老人，扔掉了拐棍，健步迈入人流里。喜上眉梢，笑声朗朗，两鬓还残留着你昨日未退净的雪色，额头还荡漾着你今日温馨的波纹。这日子滋润，能拧出水，放在嘴里啊越嚼越甘甜！

我的思绪，漫无目的，飞到哪里，哪里都是朗朗乾坤。原来，北国的春，你是一棵神奇的隐身草，摸不着，看不见，躲在夏的前面，第一个给冬送来明媚。

　　北国的春啊，你到底在哪里？我穿越你的梦，我幻化成你的魂，沿着你闪光的足迹，一直在不懈地追寻！

- 风，多才多艺的你 -

不知为什么，我对风突然产生了浓厚的兴趣，昼昼思，夜夜想，真是达到了情有独钟的地步。

桃红柳绿的春季，当你漫步在郊外，忽然就会有一股股和煦的春风扑面而来；烈日炎炎的夏季，待在室内闷热时，当你打开窗子，顿时就会有一缕清凉的风透彻心扉；硕果累累的秋天，当你步入遍地金黄的田园，瞬间你就会顿悟一股爽朗的秋风，随着翻滚的稻浪，飒飒四起；数九隆冬，当你置身于漫天飞舞的雪花之中，你就会立刻感到阵阵呼啸的寒风凛冽地掠过你的耳际。

风，变幻莫测。有时，会给人类呈现出不同的形态，让人心潮起伏；有时，又会给大自然涂抹上不同的色彩，让人赏心悦目；有时，还会给四季春夏秋冬酿就不同的收获，让人心花怒放。

风，你到底是什么？我茫然……

闲暇时，我浏览过网页，翻过各种名册，但答案各有千秋，都不尽相同。

在美术家的名单上有你，你勤劳、淳朴、忠贞、心胸广阔。一会儿跑到了都市的花园紧握太阳这支神奇的大笔，饱蘸七彩的光，或浓或淡，点染出人世间最美的花朵。一会儿，你又跑到广阔无边的大草原，给草地全泼上了一层绿色。一会儿，你又跑到乡村的田园，给稻谷涂上金黄，给高粱抹上血红，给茄子染上蓝紫……

在音乐家的名册上有你。你勤奋、刻苦、执着。一会儿，跑到浩瀚的大森林，你抱住树冠那架美妙的琴，拨动枝条的弦，或扬或抑，弹奏出世上最优美的乐曲。真有"明月别枝惊鹊，清风半夜鸣蝉"之韵味；"幽音变调忽飘洒，长风吹林雨堕瓦"之景致。一会儿，弹累了，你又放下琴，抱着柳条在优哉游哉地打着秋千。小鸟来了，蹲在枝头，你怕她寂寞，陪她聊天，听她倾诉衷肠……

在舞蹈家的名簿上也有你。一会儿，你跑到了大江大河，有时让水面荡起微波，有时舞起滔天巨浪。一会儿，你跑到了学校的操场，课间时，你舞起小女孩那件漂亮的裙摆，翩跹出人间最婀娜的舞姿；

你拽住小女孩头上那两只羊角辫，上下弹跳，一耸一耸，或急或缓，扭动出人间最童真的快乐。

风，你到底是什么？责任心的驱使，我查过你的户籍，我寻过你的祖根，在大自然的卷宗上，我终于找到了你。你和日月星辰一个纲，你和露霜雨雪一个目。我又饶有兴趣地查过了你，你来之无踪，去之无影。你低调，你谦逊，从不张扬，生怕别人认出你。给人以虚无缥缈、高深莫测之感。

你一生奔波，做了那么大的贡献，却从不把成果留给自己，从不把光环戴在自己的头上。总是在别人的背后，默默无闻。不求取任何人的称赞，心甘情愿地做无名英雄。

风，你到底是什么？我懵懂，我激动！

天地间你无处不在，对谁都那么公平，没有亲疏远近，没有贵贱之分。世上所有的生灵，没有不享受到你的馈赠。于是，我又更进一步地寻觅了你。啊，原来，你就是无人不知，无人不晓的空气！

当你受了感动、心潮起伏的时候，你就会流泪，锻造出多才多艺的风！

－ 放飞白天鹅的梦 －

历史，如同一个匆匆的过客，转瞬之间过去了。

我们生活在世上的每一个人，都要面对沧桑巨变，谁也逃脱不了。作为一个平凡的人，在历史的惊涛骇浪中，你不可能凭一己之力力挽狂澜，但一切有良知的人们面对恶势力的到来也不可能逆来顺受，无动于衷。本文的主人公小天鹅函校校长杨臻先生便是其中的一个。

杨臻，曾是一位叱咤风云的人物。几年前，当我的内心深处萌生了想以他的人生为原型写一部长篇小说的时候，我决定要再一次对他进行深度地采访，几次拨打他的电话都处于无人接听的状态。

后来，我从江苏朱立新老师打来的电话中，得知他因突发脑溢血住进了医院，具体情况不明。当我乘火车急急忙忙赶到哈尔滨医大二院时，他已撒手人寰。临别前，他没有留下任何话语，没有留下任何遗产，就连他的丧事也办得极其简单：没发讣告，没设灵堂，没开追悼会。只是他的妻子郑晓华和两个女儿，还有一个编辑丁仙桥先生租用一条船，将他的骨灰悄悄地撒在了松花江上。

妻子不是原配，两个女儿也不是自己亲生：一个是妻子带来的，一个是在车站捡的。就是这样一个家庭里，有着一个个惊心动魄、扣人心弦的独幕话剧。

当时，我也随他的家人一同前往。在祭撒骨灰的现场，他的学生小天鹅编辑部的编辑丁仙桥先生，拿出写好的稿子，发表了即兴感言：

杨老师，您倒下了。您的离世是"小天鹅"的不幸，同时也给我们留下了永远的悲痛和遗憾！

杨老师，您经营"小天鹅"的境况，可以说是举步维艰。不仅缺乏金钱，同时也缺乏人文的关怀。作为您的学生，您这个工作狂的生命就此画上句号，令我心里无比悲痛。

……您在文学这块育人的园地上做出了显著的成绩。您以仁义之心让许许多多的孩子获得雨露和阳光，在我心中您永远是一座不朽的丰碑！

杨老师，您光辉的人格，照耀着我继续前行的路。追寻真理的眼睛，穿透冰城的茫茫风雪，遥望更加遥远的光辉。"路漫漫其修远兮，吾将上下而求索。"

我将无限的悲痛化作沉重的语言为您虔诚地祈祷："杨老师，愿您会赴瑶池的灵魂获得幸福长眠！"

"顿首中原大地，一群雄鹰起飞了！"它离不开冰城的"小天鹅"振动翅子带给它的祥和；每一位从小天鹅函校走出并获得成功的文学青少年离不开"小天鹅"给予他（她）的温暖……

杨老师，安息吧！

听了他的发言，我不免有些蹊跷，于是，下了船，我不解地问杨老师的妻子郑晓华："郑老师，杨老师到底是怎么死的？"

郑晓华哽哽咽咽地说："杨老师死的那天，正好是他过生日，许多知道他生日的学员来信祝寿，杨老师特别高兴，他平时不爱喝酒，那天他喝了酒……"

但从编辑的口中，也另有说法。疑虑终归疑虑，作为旁观者的我无法说清事情的真相。这对千千万万学员、家长、老师乃至各界同仁来说，永远是一大不解之谜。

走出迷惘的旋涡，我继续追问晓华："郑老师，杨老师的丧事为何办得如此低调？"

"人死了就该安息，活着的时候一辈子也没安宁过，死了该让他好好清静清静、休息休息了。"

"父母不在了，那哥哥嫂嫂和他的侄女总该给个信儿吧？""没有必要，活着的时候多少年也不通信了，黑龙江离云南又那么远，事后打个电话让孩子去封信告诉一下就行了。"

"那函校怎么办了？"

"函校交由王小燕她们几个迁到河南去办了，我已经和她们交代完了。"

"那两个孩子苗苗倒可以，蕾蕾今后怎么办？"

"当然由我把她们俩一直抚养成人啦！"

"杨老师没留下什么？"

"留什么？挣的钱，他生前都捐献给孤儿院、残疾贫困学生以及其他社会慈善机构了。他这一辈子，除了他的爱心留给社会外，其余什么也没有留下。"

说话间，晓华有些哽咽，他的两个女儿站在一旁默不作声，悄悄抹着眼泪……

"哗哗哗"一阵轻风过后，江面上涌起了一朵朵银白色的浪花，我不禁打了个冷战。心明走了，此时，他已回归松花江那广袤的胸怀。

我站在江边，眼前突然出现了奇特的一幕：江面波涛汹涌，犹如一条金鳞巨蟒，直逼下游飞奔而去。远处，一艘天蓝色的游船发出呜呜的汽笛声，声音是那样悲壮；近处，一只美丽的白天鹅，为追寻自己的梦，在蓝天下迂回盘旋。一会儿，"嘎嘎"尖叫了几声，便箭一般地直插云霄，冲着西南方向中原大地飞走了……

05

做一颗流星

－ 余晖，浸润大自然的美丽 －

一缕斜阳悠然，柔和地透过玻璃窗，照在我的书架上，幽静的书房里顿时温馨了起来。

顺手从书架上抽出一本《朱自清散文集》，随便翻开，视线正好撞上了我最喜欢读的《背影》，蓦然触动了我内心深处那根思念的弦。因而，让我一下子想起了故乡，想起了长眠故乡黄土坡上的父亲。

父亲过世得很早，那年我才七岁。所以，在我模糊的记忆中，对他老人家的印象也只不过是一个大致的轮廓：矮矮的个子，光头，脸上嵌着的那对近乎黄色的瞳仁里，总是放射着一种刚正，说话口齿伶俐。父亲生前就是一位老党员，据村里人讲，父亲是秘密入的党。也不知具体是哪一年的六七月份，在高粱地里宣的誓。

爷爷奶奶过世得早，父亲八岁就落脚到他的一个表叔家，表叔也是儿子儿媳姑娘姑爷一大家子人，典型的贫雇农，父亲可谓根红苗正，政治可靠。于是，就有了后来两个表大爷，一个表姑一个表姑父，再加上父亲，一家出了五个党员。再后来，父亲就理所当然地成了解放后第一任村委会主任，二大爷成了县党校第一任校长，其他三位就成了村支委。

刚分劈那阵子，地主富农手中的土地、房屋、牲畜等一切大型财产是不愿意主动交出来，分给贫雇农的。因为他们认为那是自己的东西，自己的血汗。于是，父亲就带领农会（村委会的前身），组织村民定期开大会，和地主富农讲清政策，直至他们交出应交的。

据母亲讲，村里当时有一个地主叫石大赖，就不想交。有一天，他趁着夜黑人静，挎着一柳条筐鸡蛋，来到我家，请求父亲照顾。他一进屋，就将鸡蛋放在我家的土炕上，说道："我说老刘大兄弟啊，咱人不亲土亲，一个村子住着，低头不见抬头见，你就高抬贵手，我保准不会忘了你的。"

"那不行，按政策办事，别忘了我是党员，我是村主任。今天你把这鸡蛋拎回去，给你家老爷子吃。"因为石大赖正好还有一个80多岁的老爹躺在炕上，重病在身。

"大兄弟，这怎么可能呢？你平时也没少照顾我们家，这筐鸡蛋也吃得着。"

"石大哥，你这是让我犯错误啊，咱们按政策办事，你必须拿回去！"

石大赖一看父亲百般不留，扔下鸡蛋，转头就要走。父亲站在门口，一下子拦住了他的去路："石大哥，你今天必须得把这一筐鸡蛋拿回去，你要不拿，明天我就组织全村社员开大会，把这筐鸡蛋拿到会场上去。"

石大赖一听，害了怕，无奈之下，最后拎着鸡蛋，悄悄地退出了我家。

父亲就是这样一个人，为官从来两袖清风，不拿群众一针一线，无不受到村民们的交口称赞。

父亲从来都是宽宏大度，宁肯自己吃亏，从不占公家的一点儿便宜。那时候，村里来人或是领导检查，都吃派饭，这回上你家，下回去他家，家家不落。领导和村民同吃同住同劳动，从不搞特殊化。干部吃完饭临走之前，还要按规定给吃派饭这家，桌上放二两粮票一角钱。可父亲有时候就不愿麻烦村民，赶上特别要好的，就干脆领到家里对付一顿。

母亲最害怕的就是父亲提前回来，那就保准有事儿了。那天下午不到两点，父亲真的就提前回来了，母亲心里一紧："你咋回来了？"

"乡政府老于他们来了，你晚上多做点饭吧？"老于是乡长，一个高大爽朗的汉子，是父亲的上级，也是父亲多年的好友，今天正好来检查夏锄工作。

"咋又往家里领了，给人家啥吃呀？"母亲皱起了眉头。

"我不领谁领，别忘了我是党员，是村主任。"父亲这句话简直成了口头禅。那时是没有公款招待的，抑或动个念头，在父亲看来就是一种耻辱。所以，偶有客来，父亲都是领回家的。

"嗨，老于又不是外人，咱吃啥他吃啥呗，老于也不会多想。"

"我是说饭不够啊？"母亲满脸愁容，说出了问题的实质。

"你这个人就是笨，你不会多添两瓢水？"父亲说完这话，连自己都禁不住笑了。这个办法，也就是把本已稀释了的饭，再稀释一下拿来待客。这个主意也亏父亲能想得出来。

晚上，于叔他们一行三人真的来了，母亲在门口热情地相迎。

"老嫂子，好久不见了，身体一向可好啊！"

"好啊，我这一天没啥事，吃饱了就睡，可不就好呗！"母亲笑着回答。

说话之间，父亲和母亲把客人迎进了屋里，母亲里外张罗着。一个不大的木制小方桌放在土炕上，桌上摆的只有几样简单的小菜儿：一盘土豆丝儿，一盘苦麻菜，一盘炒咸菜，小葱蘸大酱，当然还少不了散装白酒。上菜时，我看见母亲的脸上时不时地掠过一丝歉然，她是为没有好菜好饭来招待贵客而歉疚，而父亲呢，则是坦然的。父亲和于叔他们这些人，当时也不过三十几岁的年纪，看上去却是满面沧桑，无情的岁月早已在他们的脸上刻下了深深浅浅的痕迹。

席间，他们一边喝着酒，一边谈论着家里村里乡里的事儿，当然也谈论国家的大事儿。饭桌上虽然没有大鱼大肉，山珍海味，但气氛却也相当热烈，无不显示出民风的淳朴。

父亲他们不会张口闭口谈什么哥们儿的情感，不染一息江湖气，不带丝毫功利心。他们之间的情谊是纯洁的，今天看来，着实难能可贵。

那一晚，当父亲送走了客人们，我们上桌了，吃相当然也就不一样了，自是风卷残云一般。我们这些半大孩子，绝对是要荡平桌子上的一切的。那一晚，母亲似乎并不像她与于叔说的那样，吃饱了就睡。当把这一切都收拾完之后，什么也没吃，就空腹躺下了。

无论在哪儿，无论何时，父亲总是好事都先让给大家，心里装的都是他人，是集体，是公家，没有任何私心杂念，父亲就是这样一个人。

这年冬天，眼看就要来到年关了，家里的碗有的打碎了，需要重新添置。有一天，母亲对父亲说："哎，你从村上回来，正好路过供销社，买十个饭碗回来。"父亲爽快地答应了。真是谢天谢地，这次他没忘，晚上回来，果然抱了一摞碗。

这是怎样的一摞碗啊？用母亲的话说，简直是七裂八瓣，三扁四不圆，大小爷孙好几辈。

"真是的，买东西也不挑一挑？"母亲不高兴了。

"挑啥呀？都是人家挑剩下的。"父亲嘿嘿一笑。

"不用花钱的？"母亲稍疑。

"不花钱的事咱能做？"

"那减价处理的？"母亲的心提到了嗓子眼上。

"什么？"父亲先是一愣，然后表情凝重，说话一字一板："我是党员，是村干部，我怎么能带这个头呢？"

母亲总算弄明白了，怪不得让他买碗答应得那么痛快呢，原来他早有算盘，把商店卖不掉的残次品都给包了。母亲哭了，她再也无法忍受父亲这样，冲着他就嚷开了："这个家，啥事让你管了，啥事儿让你操心了？你知道咱家有多难，这一天咋过的吗？也怪我多嘴，让你买啥碗呢？"母亲后悔，眼泪当即就噼里啪啦地掉下来了。

父亲这时才意识到事态的严重性，明显稍觉愧疚。但仍觉得自己无过，嘴里还嘟囔着："不就几个碗嘛，能盛饭就行呗！"

母亲气不过，一边擦眼泪一边从这摞碗里挑出一个最次的，往父亲跟前使劲儿地一顿，赌气地说："这个碗，过年就给你使吧！"

这碗似乎也和父亲过不去，竟是底不平，还故意摇晃了几下。父亲拿起来，振振有词："我使就我使，什么碗不一样啊，我就不信盛上大米饭，还能是高粱米的味啊！"

父亲是豁达的，即使面对人生再难堪的窘境，都会保持着这份幽默，这份乐观。他处处以党员的标准来衡量自己，要求自己，内心永葆靓丽的青春，让自己这颗革命的螺丝钉，永放光芒！

父亲不愧是党员，是村里的当家人，处处起带头作用。从来都是吃苦在前，享乐在后。在最危急关头，总是能挺身而出，冲在最前面。那时候，村民还没有自来水，吃水要用扁担上井沿去挑。这井口直径一米左右，深20多米。冬天一到，因为大家打水，柳罐滴滴答答漏出的水就会滴在井沿上，结成厚厚的冰。人们打水时就会很不方便，稍有不慎，甚至还会有掉下井的危险。

一个风号雪舞的冬天，人倒没掉下去，生产队里新产下来的一个小牛犊到井沿找水喝，一下子没踏住，掉进了井里。全屯子的老少爷们儿吃水就靠这么一口大井，怎么办？再说那牛犊是集体财产，一条鲜活的生命啊！小牛犊在井下冻得瑟瑟发抖，一声接一声地哀叫着，就像揪着父亲的心。屯子里的人，闲着没事儿都围着来看热闹。父亲二话没说，让村民找来绳索，一头把自己绑好。上面一帮人扯着绳索，把他竖到井下。在冰冷的水里，父亲把小牛犊抱在怀里，上面的人一起喊号用力，把父亲连同小牛犊一起拽上了井口。小牛犊得救了，集体的财产丝毫没有受到损害，村民们也能正常吃上水了。

父亲做这些，当然都是背着母亲的。回到家，母亲得知后，心里更加害怕，和他大吵了一顿："这事儿还非得你下井吗？没出事倒好，这要出事可让我们娘儿个怎么活呀？"

父亲据理力争，眼睛一瞪："我不下谁下，不要忘了我是党员，是村主任，你害怕死别人就不怕死吗？"父亲那股子犟劲上来，十头牛都拉不回来。母亲只好躲在厨房里暗暗地抹着眼泪。母亲既心疼父亲，又有些后怕，这个担心其实也应验了，给父亲留下了严重的病根儿——气管炎。每到冬天，就一个劲儿地咳嗽。有时上不来气儿，就啃上几口萝卜顺气。试想，这萝卜能起什么作用？在那缺医少药的年代，父亲也只能用这样的办法来解解。后来，这病就一直伴随着他，在嘴角一张一合不住地喘息中，耗尽了他生命的最后那点儿能量，走完了余生。

父亲的故事如同天上闪烁的星星，多得数也数不清；如同春蚕吐出的丝，拽不完，理不断。虽然半个世纪的时光已经过去，虽然二老早已先后作古，但那并不因为时代的久远黯然失色，相反，却越发沉淀得清晰明媚。就如同眼前这窗外的景色，虽已日落西山，但余晖尚在，仍然悄无声息地浸润着大自然的美丽！

－ 料峭的春寒 －

打春的第二天，便是母亲的忌日。屈指算来，母亲过世也有近20年的光景了。每每此时，我都会情不自禁地想起她老人家来，心里便由衷地泛起一圈圈悲酸的涟漪……

北方不像南方，虽说是打春，但春季的征兆来得特别迟，仍然是乍暖还寒。母亲过世那会儿，正赶上多年不遇的一场大雪，平地足有半尺多厚。记得那天，拉着母亲灵柩的汽车，在去往她老人家归宿的墓地上行走，如同一只小甲虫在冰天雪地里艰难地爬行。露天车厢里护灵的亲朋好友，嘴里都呼哧呼哧地喘着白气，腮帮两侧的狗皮帽脸儿个个染上了一层浓重的白霜。

这些人站在灵柩旁，手把着棺材，无不为老人叹息："这老太太，一辈子没享着什么福，儿女们该娶的娶该嫁的嫁，都完事儿了，刚刚要过上好日子，可她却走了。你看这雪下得多大，连老天爷都不愿意让她走啊！"

是啊，老天怎么可能愿意让她走呢？这个世界亏欠她的太多了，她这辈子年轻时，人生的春天，由于家里家外种种原因，几乎没过上什么好日子，确切一点说，她老人家就是在饥寒交迫、穷困潦倒中熬过了一个又一个令人心酸的日子。

记得父亲过世的第一个春天，那时我刚刚八岁，上面有两个大一点的哥哥，下面还有两个幼小的妹妹和一个只有两岁的弟弟，母亲那年才36岁，就领着父亲撇下的这六个孩子艰难度日。父亲这一走，家里可没有了顶梁柱，吃喝拉撒的重担全压在了母亲一个人的肩上。

我家住的村子前面，横卧着一个东西走向的大碱沟。春天一到，母亲就领着我和大哥几个，起大早来到这碱沟里扫碱土。回到家里，再通过大铁锅烧火熬制成碱坨，解平时洗衣、做饭等生活之急。

可母亲这一年春天，一下子就熬了二十几个碱坨，家里根本就用不了。母亲就借姨表哥从邻县安达开汽车回肇东之机，把碱坨拉到他们那里的农贸市场去卖。不过，在那个年代这自然是行不通的。就这样，全家人一春天的辛苦，几乎打了水漂。

家里困难的时候，有很长时间时常是揭不开锅，吃了上顿没下顿。特别是到了夏季青黄不接的时候，村民们常常是靠吃国家返还粮度日。不用说，我家是理所当然的重灾户。

母亲是一个坚强的女人，她就靠着自己那双柔弱的肩膀支撑着这个七口之家。返还粮发下来后，生产队会根据人口数量，平均分摊给每一个住户。至于一家人分到的这几十斤救命粮，母亲手把手按着，生怕有遭损。等要拿到队里碾道磨粮时，母亲事先用清水把这点儿粮食淘干净，晾干。先磨碴子，剩下的糠皮，按现在说就该喂牲畜了。可在那个粮食严重匮乏的年代，那样做未免让人感到太奢侈，母亲就借中午休息给驴吃草的空当，自己亲自推磨，一圈一圈地推碾子。把这些糠皮碾成面儿，用筛子过好，做到糠皮一点儿不扔。

这样的面做出来的食物也就是能果腹，根本提不上营养。即使这样，母亲也舍不得顿顿用清一色的面做成食物。为了抗吃，母亲做饭时还要在这些面里时常掺上苦菜、苋菜或榆树钱，做成各种名目繁多的粥或饼子。吃饭时，母亲当然是最后一个上桌，等我们稀里呼噜吃完了，她就把桌上哪一个碗里或是盆里的残羹剩饭，捡食干净。

母亲的手，一年四季无论冬夏总是粗糙开裂，血殷殷的。常常是这茬刚好那茬又裂，一茬又接一茬。现在想来，不就是严重的营养不良所致吗？

秋天里，该是庄稼成熟的季节。队里收完秋后，母亲这时候就要组织全家老小，到地里去捡粮，高粱、玉米、大豆……凡是能吃的都不放过。这一天早晨，母亲老早就唤起我和大哥几个，来到一片队里收拾完的黄豆地，趴在地上，一粒一粒地捡，一天下来，至少捡上三斤五斤，几天下来，就是一个可观的数目。除了能补充队里分得的口粮不足部分外，略有盈余，还要拿到十几里地之外的宋站集市上去卖，可是这事也不会那么顺遂。

虽然并非事事如意，但我们还是卖得了一些钱。母亲用这笔卖黄豆得来的款，破天荒地专为我买了一块蓝色涤卡布，拿到成衣铺做了一件当时最时兴的吊兜中山装。当时姊妹几个只有我一个在学校里读书，母亲是一个好面子的人，看见我在人眼前能穿上这样一件像模像样的上衣，脸上不经意地掠过了一丝从未有过的微笑。

可是，让我不解的是：母亲那么多年为什么不曾给自己添一件艳色的衣服，总是穿着那件灰旧的土布褂子呢？有一次，我终于按捺不住问了母亲，母亲笑呵呵地回答我，说："妈老了，不能穿花花绿绿的，你没听别人都叫我老刘太太吗？"

那时我还小，母亲就用了这么一句轻描淡写的话轻而易举地搪塞了我，我却浑然不觉。其实，母亲那年还不过 40 岁，怎么能就说老了呢？

在公社所在地居住的五姨妈，常常劝说母亲，想在她们那里给找个好人家，也让大人孩子都享点福。可母亲一口回绝："不可能，这前一窝后一块的怎么成？"

母亲是一个传统的女人，又怕我们这帮尚未成年的孩子受后爹的气，还是打消了这个念头。

母亲年轻时含辛茹苦，没过上几天好日子，领着她的六个孩子，可以说是在饥寒交迫中度过。等改革开放的春天到来时，她已满头染霜了。由于早年操劳过度，疾病缠身，最后患上了肺癌，含泪而去。她走时兜里很干净，没有一分钱的存款。不过，那种刚直、节俭、吃苦耐劳、拳拳爱子之心可以说是她老人家留给儿女们最大的遗产。这遗产，想必一定会让她的后人取之不尽，用之不竭啊！

稿子写完了，我长舒了一口气。抬头仰望窗外的天空，美好的春光斜射到屋子里，影印在我的书桌上，给我这几张凌乱的稿纸，平添了几分灿烂。

可这只属于我，而母亲的春天呢？无疑缺少这明净的蓝天，缺少这高照的艳阳，缺少这个季节里本该有的温暖。相反，充盈的，倒是那料峭的春寒！

– 一个小脚女人脚下的路 –

这次回老家度假，正好赶上我多年前的一个老邻居——80多岁的小脚女人辞世。

这个女人一生下来就裹腿缠足，11岁给李家做童养媳，15岁结婚，18岁生儿育女，养育二男三女，45岁守寡。一生颠沛流离，从山东到吉林，最后落户到黑龙江肇东宋站，其间换了10多个地方。这一家子人，如同一只漂泊的小船儿，可谓随遇而安。

这个小脚女人的男人在家是个典型的"大不管"，所以，家里吃喝拉撒无论什么事都压在了这个小脚女人的肩上。可想而知，小脚女人脚下的路不可能平坦，而多是坎坎坷坷。于是，给人留下了太多的故事，太多的思考。

20 世纪 50 年代后期，山东济河年年发大水。所以住在附近的老百姓，每年春天都需要上河堤防汛。村里男劳力不够用，就用家庭妇女补足。于是，这个小脚女人刚结婚第二天，还没等度蜜月，就随着那些青壮年男劳力一同上了河堤。吃住在工地上，一干就是 20 多天。

女劳力挖土、装筐，挑土的重活儿一律给男劳力干。可这个小脚女人三寸金莲，根本就蹬不动铁锹，一天下来，手脚都磨出了血泡。于是，她就自告奋勇退出女队，参加男队，和男劳力一样挑起七八十斤重的土筐。一天到晚，深一脚浅一脚，摇摇晃晃地往返于河堤的路上。几天下来，脚上、肩上都磨出了血泡，肿得老高。在场的领导和老乡念她身单力薄，怕把她累垮了，都劝她放下担子撤回家休息几天，可她却坚决地说："我为什么撤，不能多挑还不能少挑吗？"

领导一看拗不过，最后来了个折中：让她和另一个女劳力两个人抬一个土筐。就这样，她凭着自己的坚强意志，一直坚持到最后修好河堤，才和大家一同撤回家。

那时，山东人多地少，再加上年年受灾，老百姓饿得吃了上顿没下顿。万般无奈，这个小脚女人为了逃活命，和丈夫一合计，领着两个已经出生的女儿，就靠着那双脚举家北下逃荒，一边走一边要吃。话说从那年的中秋节一直走了两个多月，最后落脚到哈尔滨时已是数九隆冬、冰天雪地了。

小脚女人在哈市偏远地区找了间房子，临时租住了下来。为了一家人的生活，小脚女人每天早晨四点多钟就爬起身，连饭都顾不上吃，就顶着星星，头上裹着单薄的毛巾，到离家很远的一家水果行上水果。然后，再靠着一双柔弱的肩膀扛着五六十斤重的水果，到道外十六道街市场去卖。那时没有自驾车，小脚女人一跛一跛地用那双小脚来回丈量。有一天，由于天黑，又没有路灯，后面不知啥时候开来了一辆四轮车，不慎将前面正在行走的小脚女人刮倒了。她当时就躺在路上，不省人事。后来，幸亏有两个好心的路人瞧见了，马上将小脚女人扶起来送往附近的医院。小脚女人大难不死，当她醒来有人建议她报案时，她忍着伤痛，咬咬牙说："不必了，他黑灯瞎火的开车可能也是没看见，再说都挺困难的，我也没什么大事儿，就算了吧！"

小脚女人的豁达，赢来了在场所有人赞许的目光。

在哈尔滨生活也没有个稳定的工作，小脚女人一家依然食不果腹，后来听说鸡西出煤，矿上下井采煤用人，相对挣得也多，起码再不用为糊口烧柴发愁。于是，小脚女人又建议丈夫，他们举家便搬到了鸡西去住。

在鸡西，小脚女人租了一间特别简陋的房子。东北冬天天气就是冷，西北风呜呜地号叫，从木板门缝隙不住地往屋里钻。为了大冬天能有一个温暖的环境，不让孩子们挨冻，小脚女人每天早晨早早地爬起来，小脚大步地走到附近厂矿烧下来的煤灰堆里拣煤核。小脚女人的那双手就如同两个小铁耙，在灰堆里来回地扒拉着，半天拣不到一块像样的煤核。原来，就在距离她几米远开外的地方，就是从井下开采出来的一大堆一大堆的原煤，令人意想不到的是小脚女人从没动过一块。当有人从她身边路过，随手指指煤堆，她却坚决地说："公是公，私是私，公家的便宜，丝毫也不能占！"

每每听到这些，人们都为这个小脚女人暗竖大拇指。

在鸡西生活也不是想象的那么好过。后来，在亲友们的帮助下，这个小脚女人领着这一家子人又搬到了肇东姜家去住。到姜家也同样没有逃脱挨饿的魔爪，小脚女人为了能让孩子们尽量吃饱，少进食些野菜，就想方设法给孩子们弄粮食。肇东离姜家20余里路，那时，肇东粮库总用火车往外地调运粮食。由于火车车厢是敞开的木板箱，有缝隙不严，火车一颠就顺着缝隙往外掉粮食粒。小脚女人便在家里拿了个铁茶缸子，从姜家徒步上肇东再返回，半天的时间来回往返40余里路，就能捡满满的一缸子，也不管是玉米粒还是黄豆粒统统捡回来，就用大锅煮熟了给孩子们吃。每每此时，她的这些儿女们嘴里嚼着香喷喷的粮食粒都会津津乐道。

可惜，这个小脚女人在今年 7 月 4 日我到家的前几天，刚过完她 83 岁生日时驾鹤西行。就这样，一个小脚女人脚下的路也就在崎岖不平之中走到了尽头。听说她走时面相很安详，我想，这一定是因为她的后生该娶的娶，该嫁的嫁，如今儿孙满堂。事业和学业也都小有成就，有的上了大学，有的当上了企业的经理，都过上了其乐融融的好日子，没有什么值得牵挂的了。

小脚女人这一辈子，虽然走路脚下没有平坦，可大家回过头来，顺着她走过的深深浅浅的脚印，不难看出她那吃苦耐劳，心胸豁达，公私分明，勤俭持家闪光的足迹一直伸向遥远的地方……

－ 那样糟糕的天气，只属于母亲 －

北方的气候特征四季分明，冬天一到，立刻就会冰天雪地、寒气袭人。每逢此时，我就会自然而然地想到了 50 多年前老家的冬天。

老家住在乡下黑龙江肇东一个叫太平山的小屯。屯子不大，三十几户人家，干打垒的土房横七竖八地坐落在一个黄土冈的南坡下，断壁颓垣，满目荒凉，毫无生机可言。

当时，各家各户的门窗都没有玻璃，镶玻璃的地方均用木棱方铆成的小方格，用两层窗户纸，中间夹上菱形的麻皮糊好，再用食用豆油涂过。晾干后，油光锃亮，用手指一敲，嗡嗡直响。虽然抗风寒的能力大大提高，可效果和耐用的程度，还是无法和玻璃比拟。

刺骨的北风，夜里动不动就会把家里那层薄薄的窗户纸吹破。每每遇到这种情况，母亲都会随手捞一件旧衣服临时堵上，然后自己睡在离窗户破洞最近的地方，生怕哪个孩子受了风寒。等到第二天，她老人家老早就爬起来，打好糨糊，随便扯下几张旧书页，把漏洞补好。

那时，家里孩子多，哪家都有六七个，有的甚至十多个。小孩子们根本就没啥玩的，也不像现在有时兴的玩具。不过，他们会自动凑到一起，常常像玩游戏似的，屋里几个，屋外几个，隔着窗户纸脑瓜对脑瓜。你聊他几句，他聊你几句，聊来聊去，就动起手来。往往是早晨母亲刚糊好的窗户，还没等到晌午就又捅出了一些小窟窿。

屋里屋外的人都借机透过小窟窿瞧看对方，或者冲着小窟窿眼儿，来回地吐着唾沫。一会儿工夫，就把妈妈刚糊好的窗户纸恢复到了原来大窟窿的模样。屋里刚有点热乎气，瞬间又变成了冷冰冰。然后，姊妹几个都嘻嘻哈哈地扬长而去。

这样的恶作剧，事先当然不能让母亲知道，得找机会。趁她老人家有事不在家时，我们便开始行动。等母亲回来后，可想而知，一定会招致那笤帚疙瘩的一顿胖揍。我小时候最淘气，当然，挨打次数最多的就是我了。我还清晰地记得有一次，就因为我带头捅破窗户纸这事，被母亲打得屁股好几天没敢着炕，连吃饭都得站着，上学不敢坐凳子，睡觉都不敢平躺。让邻居的小伙伴和同学好一阵嘲弄。

那时候，家里穷，冬天防寒取暖买不起炉筒子。母亲就想出了一个土办法，到外面刨回些黄土，掺上些猪毛和成泥，再用大号面盆做模具，做出一个泥火盆。火盆的样子底小肚大，盆口也带上一圈厚厚的闪沿，盆底还有一圈厚厚的泥座。放在炕沿边儿，既美观又精致，活像哪位天才的艺术家雕塑出来的一个泥塑作品。我想，现在要是有这样一个东西，一定会引来许多人围观。说不定还会把它当成一件文物，送到博物馆去呢！

这火盆，可为我家立下了汗马功劳。早晨，母亲把做饭烧过的玉米穰火炭放在里面，满满的一下子，压实，整整一天火不灭。谁要啥时候觉得冻手了，就放到火盆上去烤烤。一家人，就靠着这种老土的办法，解决了一冬天的取暖问题。

偶尔，它也会派上特殊用场。那时农村冬天没啥活计，有猫冬的习俗，所以每天只吃两顿饭。赶到中午谁要饿了，就偷偷地溜进土豆窖里摸出几个土豆，趁人不备塞进火盆里埋好。等土豆烧熟，飘出那种浓浓的香味时，就马上扒出来，找个犄角旮旯，狼吞虎咽地吃下去。像这样的事情，我就没少干过。母亲要是知道这样的事情也是绝对不允许的，因为这是一家人的吃菜。那时冬天除了白菜，也就是土豆，没有别的菜。要是老早把土豆吃没了，就得抱着空饭碗就咸菜大酱下饭。至于这样的人家不足为奇，常常不在少数。

有时，母亲看我们实在饿得不行，就到碗架子里把早晨吃剩下的玉米饼子拿出来，放在火盆上烤。一会儿工夫就会烤好，外焦里嫩，香喷喷的。于是，我们姊妹几个，都会围在火盆旁，你掰一块他掰一块，填进肚子里。然后穿戴整齐，嘻嘻哈哈地跑外面玩去了。

那时候，一冬天也就一双棉鞋，所以穿鞋显得很费。一双棉鞋常常是冬天没过就先露出脚指头来。在家里，我是穿鞋最废的一个，原因是我走路的时候脚总是不老实，每逢路上遇到泥球或是马粪蛋儿子之类的东西，我是从不放过。边往前走边低着头踢，有时甚至能踢到家门口，自然是趣味无穷。当然，这事要是让母亲看见了，那可就坏了，准会招致一顿大骂："你傻呀，那鞋还没等穿坏就让你给踢坏了，这回再踢坏就不给你做了！"

母亲说归说，做归做。有一次那鞋真的就踢坏了，母亲一看家里又没有钱买新里新面去做，怎么办？母亲突发奇想，就亲自动手给我做草鞋。母亲的针线活很好，晚饭后到园子里的玉米秆垛摘回些上等细软的玉米叶子，撕成碎条，编上小辫。再把穿坏的千层底鞋帮用刀割下来，把这玉米叶小辫儿照鞋帮的样子，一圈一圈围起来，再用麻绳横竖小间距地一针一针缝在一起，拉紧揻实，再用锥子绱到这个用过的千层底上。一宿不睡觉，这鞋就大功告成了。最后为了美观，还要在鞋尖处用麻果核蘸上点儿红，错落有致地印上几朵小红花。

到了第二天早晨上学，我会突然变成了全班乃至全校同学的焦点，好不羡慕。这不但让我免遭了难堪，倒是奇迹般地赢回了几分尊严。从某种意义上来说，我也真的让他们长了见识，大开了眼界。我知道，这全是母亲的功劳啊！

当年和我一起玩的孩子，现在对这件事儿不知还是否有印象？倘若想起来，真的不知道他们会作何感想？

斗转星移，时光荏苒，一晃半个世纪的时间过去了。如今，我对这些事仍历历在目，好像就发生在昨天。现在仔细一想，那时候冬天大雪时常封门，冻得人手脚都起了冻疮，日子难熬，天气好像比现在要冷得多。诚然，那样糟糕的天气只属于母亲，现在的我们恐怕再也看不见了。

— 珍藏金手杖 —

那日，闲来无事，我在收拾家里的衣柜时，从柜底下翻出了一根老榆木棍子。

那是我六姥爷的拐棍，看着这根黑不溜秋发着亮光的家伙，不争气的眼泪便"唰啦唰啦"流了下来，多少心酸的往事一下子涌上了心头……

六姥爷是个算卦先生。

听老年人讲，六姥爷从小眼神儿就不太好，后来只能影影绰绰得看见一些。于是，闹了个"孙大瞎"的绰号。六姥爷的父亲临终前，就把他爹传给他的那棍老榆木棍子又亲手交给了他。这一来，便成了他们老孙家祖传吃饭的家什。

我小时候，六姥爷去哪儿，我就要用那根老榆木棍子，把他领到哪儿。

有一天，我领着六姥爷从离我家30里远的古文屯正往回赶，等走到南四座房时，天已经擦黑了。离家还有十几里路，咋办？我站在屯头面北背南发愣，可六姥爷偏要回去。

"回就回！"我怄气，拔脚就走。这下可苦了六姥爷，他跟在我后面深一脚，浅一脚地走着……

天完全黑了下来，伸手不见五指，听不见虫鸣鸟叫，只有秋风抽打着路旁的蒿草声在耳边"唑唑"作响。我有点害怕，心里"怦怦"一个劲儿地打鼓。突然，"扑腾"一声，从面前离我不远的草丛里蹿出一条黑影来。

"狼！"我不是好声地大喊一声，马上意识到了情况不妙。六姥爷听见我说话有些差声，忙给我壮胆："别怕，孩子，快蹲在我身后！"

在这前不着村，后不着店儿的大荒草甸子里，黑灯瞎火，是不可能有狗出现的，再说狼，我小时候也认识。那时，村子里时常会有狼光顾，生产队羊圈里的羊动不动就让狼扒开大门叼走。寒冬腊月，野外找不到食物时，有的狼实在饿极了，甚至大白天也会跑到村子里来觅食，引来村里男女老少手拿钩杆铁齿，齐心协力去赶狼。

听到六姥爷的喊声，我一闪身躲到六姥爷的背后，蹲在那儿一动不敢动。心"突突突"跳得更快了，手脚明显有些发抖。六姥爷急中生智，只见他左腿呈弓形，右腿顺势跪下，赶紧端起他那根老榆木拐棍儿，冲着前面蹲着的狼，做出了个打枪的姿势。

"咕咚——哐！"随着六姥爷嘴里这沉闷而巨大的喊声，再抬头一看，狼撒腿就跑，眨眼就已逃得无影无踪了。原来，狼上当了，以为六姥爷拿的是"冒烟"的家什。咳，它哪知道那是根榆木棍子啊！

"六姥爷真伟大！"我哪还顾得上怄气，由衷地感慨道。六姥爷赶走了狼，见走出四座房不过二三里路，便急忙喊我："孩子，快往回拐！咱们今天不能回去了，危险。狼要是再返回来，他要是再唤回一大帮狼，咱爷俩可就惨了。"不容分说，我从地上爬起来，扯过棍子，牵着六姥爷就往回走。

等到了四撮房屯头那家，"哐哐哐"六姥爷就叩开了那个黑大门儿。

"谁，干啥的？"屋里传出了一个女人的声音。

"找点水喝。"六姥爷一手拄着拐棍儿，一手把着我的肩头往院里闯。

开门进了外屋，这家女主人赶忙舀了一碗水，旁边站着个小男孩，哭哭咧咧，女主人有些心烦："这孩子，总嚼灾！"六姥爷刚把水端到嘴边，就"扑哧"一笑，然后头摇得像拨浪鼓。那时，我年纪还小，不懂得这其中的奥妙，有些纳闷，不知道六姥爷那葫芦里装的到底是什么药。女主人也沉不住气了，毛手毛脚起来："老爷子，怎的……"

"这水有点儿，有点儿……"六姥爷话没说完，放下碗转身便要走。

这下，女主人更是丈二和尚——摸不着头脑。急忙说："老爷子，请留步，您是算卦的吧，给俺查查好吗？"

"查倒可以，不过这孩子……"六姥爷欲言又止，还是执意要走。女主人抢前一步，顺手从六姥爷手中夺过这根老榆木棍子："老先生，行行好吧，我们老白家三股可就守着这么一条根儿啊！你可千万不能走啊！"

"不走也可以，这孩子一定有一个关口，得破一破。不过这破关得有点儿费用。"六姥爷见时机已成熟，便开口提钱了。那个女主人一想救孩子命要紧，钱是小事，多少都得拿。于是随口问了句："得几块钱？"

"五块就行。"六姥爷没有多要，因为他心里明白是咋回事儿。

六姥爷那天没有走，就住在这个白家。等到夜深人静、星星出全的时候，给查了，也给破了。说是他家的孩子近日有个关口——水关。

第二天，我和六姥爷吃过早饭。临走的时候，那家女主人顺兜里掏出五块钱，递到了六姥爷的手里，我和六姥爷便匆匆离开了黑大门。走出不远，我心里总是纳闷，便回头问六姥爷："六姥爷，那家的小朋友当真有个关口？"

"傻孩子，要说没有关口，咱爷俩昨晚上黑灯瞎火地上哪儿去住呀！"

啊？我扭头望了望六姥爷那张得意的脸，一时间，变得陌生起来……

现如今，虽然六姥爷已经过世多年了，但牵着它的那根老榆木拐棍儿还仍然保留着。这也不是什么金银财宝，留着它有啥用？孩子们都笑我无知。可他们哪里知道，原来，我珍藏的是给予我第二次生命的金手杖，是昔日人们的几多无奈啊！

– 穿行于历史的长廊 –

沿着爷爷的足迹，我漫步于松花江畔。眼前，浩浩荡荡、洪波簇拥的浪花啊，激起我心中的狂澜。耳边，渐近渐远的涛声响起，勾起了我遥远的思念。

爷爷呀，一生以打鱼为业的爷爷呀，你生长在江边，简直就是水里的生灵，划着一叶扁舟，嘴里哼着渔歌，在波涛汹涌的水面上下颠簸、游动。拖起那张古朴的老网，一网撒下去，沉甸甸！

收获的，活蹦乱跳的鱼和知识？那是一家人的生活，是松花江两岸人民的风土人情，是一代又一代打鱼人的血雨腥风。

一个热炕头，一张小方桌，爷爷要好的老哥儿几个，团团围坐。水，是奶奶从江里用盆现端回来的；鱼，是爷爷从江里现打上来的。

江水炖江鱼，原汤化原食，赛过活神仙，岂不美哉？没有添加任何花椒大料，少了人为的色彩，咀嚼原汁原味的生活。二两小烧下肚，行酒令的潮声此起彼伏，在茅草屋里，唱响了欢乐的渔歌。

席间，爷爷的嘴上，叼着一杆长长的旱烟袋，时不时地吸上几口，嘴里吞云吐雾，紫铜色的烟锅里，袅袅地升腾起或浓或淡的忧伤，隐隐约约地闪现着忽明忽暗的时光。

坐在炕头上的奶奶，守着一个土火盆，一盏昏暗的豆油灯。手里的纺线车一个劲儿地摇啊摇啊，发出吱吱扭扭的响声，迷漫着整个小屋。声音里，跃动着旧时代的曲调，奏着贫穷的悲鸣。摇啊摇啊，线轴转不出这漫漫的长夜，捻不完这人生的苦短。

随着纺线车不停地运转，奶奶的头上下一点一点，如同钟摆，不慢也不快，是那么有节奏，周而复始。头上，滚圆的发髻绑在脑后……那时，奶奶有缠足的习俗，三寸金莲，缠裹着一层又一层的白布，下地走路，身子一扭一扭。这裹着脚的哪里是白布？分明是裹着一道道对旧中国女人的束缚；这走路的姿态，就单单是蹒跚？分明是扭捏出时代的丑陋！

沿着爷爷的足迹，我又步入了西八里围城。附身抓一把地上的黄土，用纸包好，揣在怀里。我要把它带回去，放在我最隐蔽的地方，永远珍藏，珍藏这段引人深思的历史，给予世人启迪。这包黄土，犹如启封了金太宗800余年的瓮，这瓮，神奇般地传出了古战场阵阵的厮杀声，梦幻般地冒出了铁蹄腾起的团团烟雾。

站在肇东烈士纪念碑前，仰望着碑文，我似乎看到了当年抗日的烽火连天，听到了嫩江铁桥上，打响的龙江抗日的第一枪。我们的英雄姚明久啊，身中数弹，手被夹折，腿被打断。那些丧心病狂的敌人，用箩筐抬着他扔，把他扔进了冰洞里。头可断，血可流，但身不可辱，箩筐里铸就的钢筋铁骨啊，让日寇胆寒！

石破天惊，斗转星移。可后来呀，父亲又从爷爷的手里接过了这张网，一网下去，圆鼓鼓。捕获的单单是鱼？是改革开放的新气象，是我家三代人的足迹。

父亲有轮船不坐，却偏偏要驾着小船，亲自划桨摆渡，载着爷爷奶奶在松花江上游玩。他想让二老能找回凄风血雨的当年，重温旧梦。父亲有宝马车不开，却偏偏要拴一台马车，举着大鞭，亲自赶车，拉着爷爷奶奶行走于西八里城古遗址的围堰。他想让二老能找回缺衣少食的贫寒，牢记往事。父亲有登山车不用，却偏偏要徒步，挽着爷爷奶奶登上泰山的峰巅。他想让二老能拾回年轻时轻松的步履，他想让二老能永葆坚韧不拔的信念。

　　爷爷奶奶乐呵，父亲情愿，而此时的我呀，望着眼前这幅两代人的情景图，满脸早已映出了夕阳的灿烂。

　　循着爷爷奶奶的足迹，我跟在父亲的后面，穿行于历史的长廊，一步两脚窝，或深或浅……

人生需要留点空白

－ 那棵老榆树 －

离开故乡已有 30 多个年头了，由于年深日久，故乡的人事林林总总大都忘记了。但有一抹让我挥之不去的剪影就是古宅门前的那棵老榆树。

由于工作原因，不足 20 岁，我就离开了故乡，离开了那棵与我朝夕相伴的老榆树。在那"家有二斗粮，不当孩子王"的年代里，我毅然决然地选择了教育，到几十里地之外的一个小镇上教书。在此后的岁月里，古宅虽经几次修缮，几易其主，但那棵古朴的老榆树却如同一位被人遗弃的浪人依旧孤零零地立在那里，历尽了故乡小屯的沧桑。

这种树，并非什么名贵的树种，它耐寒耐热，耐风沙耐干旱，能适应各种环境生长，具有极强的生命力。在东北地区，村落旁，各家房前屋后，沟边壕沿，多有种植，可谓随遇而安。

据当地老人们讲，古宅门前的这棵老榆树并非谁有意种植，而是在母亲生我的那天早晨，父亲在门前用树枝夹围栏时无意存活下来的一棵。此后，家人谁也没有注意它的存在，它是无声无息地将自己保留了下来，如此枝繁叶茂，树影斑驳。这正应了那句"有心栽花花不开，无心插柳柳成荫"的俗语来。

这棵树，小时候无人浇水施肥，无人剪枝，冬天也无人给它包上一块棉布暖暖身子，仅仅靠着老天爷的恩赐，任其自然生长。几年后，居然碗口粗细，与此同时，它就富有了生机，富有了活力，自身的价值也就逐渐地凸显了出来。

春天，万物复苏。一群群北归的燕子蹲在这枝头上摇头摆尾，"喳喳"地叫着。家里养的一只抓耗子的大狸猫闻听早就冲出家门，"噌噌噌"爬上这棵树，探头探脑地窥伺着这枝头的燕子。妈妈生怕这燕子被猫捕捉住吃掉，推门将燕子轰走，让猫空喜一场。然后，再将自家的被子或放在柜子里的衣物掏出来，挂在树杈上拍打、晾晒。屯中胡栓、常保、锁住等和我一般大的小伙伴也时常跑过来，扑扑屁股下的杂物，围坐在树下，玩着那"扒尿炕""走五道""憋死牛"等老掉牙的游戏。凡此种种，都得益于这棵树，为这个普通得不能再普通的农家小院注入了新的活力，更增添了几分生气。

每逢夏日，树上墨绿的叶子犹如枝条上伸出的一个个小巴掌，展示它的生命力。中午，炙热的阳光下，硕大的树冠将一抹绿荫投放在小院上。左邻右舍，刚吃完午饭的老人们，三五成群地凑到这里来，有的叼着旱烟袋，一边有滋有味地吸着旱烟，一边打牌；有的一边用火柴梗剔着牙，一边唠着家常，讲那家长里短老掉牙的故事。这些人或坐或卧，或蹲或躺，无拘无束地做着自己想做的事。屯子里的一些小伙伴们，中午没占着地方，晚上连作业也顾不上做，扒拉一口饭老早聚拢来，将竹竿粗细的麻绳两头拴在树杈上，绳子中间放上一块木板，一个个有说有笑，优哉游哉地荡起了秋千，尽情地享受着生活的快乐。

那时，冬季没有反季蔬菜。每年秋天，自家园子里的辣椒吃不了，母亲就将它们用针线穿成串；把大蒜从地里拔出来，编成辫子；一抬手，挂在树杈上。树杈承担着这沉甸甸的收获，默默无言，无怨无悔。绿绿的树冠下，挂着一串串红红的辣椒，一辫辫白白的大蒜，红与白相互掩映，远远望去，煞是一道亮丽的风景。

冬天一到，树上的叶子早已掉光。雪后，在阳光的照耀下，树冠金枝玉条，熠熠生辉。阵阵北风吹过，树上的枝条轻轻一摇，那银白色的玉屑便纷纷掉落下来，撒在黑黑的院落上。平时，树上除了一些小麻雀的光顾，早有喜鹊在枝头上做了个安乐的窝。一根根草木棍，一支支羽毛经纬有序地编织在一起，铸就了这小小生灵的载体。

这棵树，是棵幼树，理论上讲并未成年。但由于过重的负担，将自己本来笔直的身躯压弯了。这棵树，默默无闻，给予人类的太多太多，但丝毫没有怨言，不图谁的任何回报。给这个普普通通的农家小院重重地抹上了一笔永不消退的色彩。

光阴似箭，斗转星移。今年春天里的一天，时隔30年，我有幸又回到了故乡，回到了老宅，看到了那棵让我魂牵梦绕的树。但绝非当年碗口粗细的小树，而是一棵盆口粗细的大树。这棵树比起先前来实在是苍老了许多：周身包裹着一层厚厚的粗糙褶皱的树皮；枝头上，除了叶子之外，又增添了一种新的内容——榆树钱。榆树钱绿里透黄，纽扣大小，中间还包裹着一颗黄米粒大小，能够传宗接代的种子，口味甘甜，无论大人孩子都爱吃。此时，恰巧树上有几个淘气的小男孩，他们把摘下来的树钱放在嘴里，津津有味地咀嚼着。这榆钱可是这棵老榆树一生默默无闻积蓄的能量的释放，它虽然没有琼浆玉液的美味，但甘甜里透露出的微微苦涩不正是孩子们成长所需要的东西吗？"咯咯咯……"孩子们那一串串银铃般的笑声犹如枝头上奏出的一个个绝妙的音符回荡在小院的上空……

此情此景，怎能不让我动情，怎能不让我联想到百年之后，这棵树年老体衰，殚精竭虑，是否还会枝繁叶茂，把阴凉送给人间？是否还会催生出如此甘甜的榆钱，奉献给人类？我无法考证也无法回答。但有一点，我敢肯定即使是它营养枯竭，体内精气完全耗尽的时候，锯下来，也一样能派上用场：或当梁当柱，或做成家什，或当成柴烧……体现它一生无处不在的自身价值。

　　诚然，这棵树，虽植根于故乡老宅的门前，但它多年来绿意油油，实际上一直默默地活在我的内心世界里。在它的体内，一圈一圈地荡漾着我生命的年轮，凝聚着我一生修炼的精气，简直就是我生命的共同体！

－ 血染的白玫瑰 －

深夜，百鸟归林，万籁俱寂。乳白色的月光似乎带着奶油的香味涂抹在我的玻璃窗上，亮闪闪的星星也不住地眨着眼睛，似乎想要把这神秘的话题悄悄地传递与我。此时，我正坐在电脑前，向一家出版社传递稿件。忽然，手机响了，传来的是那清脆、缠绵、悦耳动听的歌曲《带刺的玫瑰》。美妙的乐曲声不由自主地将我推到了一枝亭亭玉立的白玫瑰前。

说句心里话，我对白玫瑰有一种特殊的情感，每每见到，我都会拈来放在鼻前，嗅之又嗅，恨不能一下子吸尽花里那淡雅的清香，让它毫无保留地沁入我的心肺，然后再微微地闭上眼，尽情地享受着那浓浓的甜蜜。

其实，白玫瑰出身并非名贵，与牡丹、君子兰那些奇花异草相比，它简直显得有些粗俗。不过，它那种玉骨冰心、清醇淡雅的美又的确是任何花也无法比拟的。这种花为直立灌木，高 2 米左右，茎为成人大拇指粗细，丛生，茎上枝密，并生有淡黄色的皮刺。叶片椭圆，状如卵形，边缘有尖锐锯齿，色浓绿。花朵单生于叶腋，或数朵簇生，花苞饱满，展开后苞瓣卵形，其边缘略染淡淡的红色。高心卷起，雍容华贵，极为优美。

我不知道白玫瑰为什么生就如此这般模样，走进花店的柜台前，那里的白玫瑰是早已经被花农从母体的枝上剪下来，再经过花店员工的精心打扮、包装，一簇簇地插在柜台的花瓶里，多么像一幅油画作品：美丽的少女图呀！——上身裹着一件白色的上衣，下身穿着一条绿色的短裤，脖子上盘着一条淡红色的纱巾……远远望去，又活像是一位浓缩版的少女亭亭玉立地站在那里。

无论从哪个角度讲，它都完全有理由可以和少女比美，怪不得有那么多情窦初开的少女都爱把自己的芳容和玫瑰作比，怪不得有那么多忠贞不贰的男孩面对心仪的女孩，单膝跪地，总爱手捧 99 朵玫瑰，举过头顶，把爱意传递。

由此，我知道了奥斯卡经典英文歌曲《玫瑰人生》之所以风靡世界的缘故了，我知道了，那片片洁白的花瓣不正是一对对情侣滚烫的心瓣幻化而成的吗？没有丁点儿的污浊，没有一丝的杂念，心地洁净得如同一张白纸，是天底下最忠诚的表白。

花瓣的边缘浸染淡淡的红色，那是两颗心跃动后留下的印记，那是男女激情燃烧后照亮的火红啊！花瓣与花瓣之间贴得那么紧，绝对没有一点缝隙，形成的花朵近似椭圆形。洁白无瑕的芯是任何的风也钻不进去的，任何的雨也打不透的，紧紧地簇拥在一起。那种摸不着看不见的同甘共苦、患难与共的无形的力在发散，它完全能够抵御任何外来恶势力的侵袭，这怎能不是两人心心相印的结晶啊！

由此，我联想到了古代传说中的神话故事《牛郎织女》为何能够长盛不衰，流传至今；我联想到了民间故事《梁山伯与祝英台》为何能够永葆活力、妇孺皆知……

白玫瑰，在我国主要生长于北方山东、河北、辽宁一带。性喜阳光，较耐寒，耐旱，适应性强，对土壤要求不高。是啊，它并非出身名门之后，它的祖先本来就是一种极为平常的植物。生长在荒郊野外，饱经严寒酷暑、风吹雨打，一代一代地练就了它那强健的身骨和适应生存环境的能力。什么样的罪它都能遭，什么样的苦它都能吃。不悲观，不失望，面对瞬息万变的大自然永远绽放着微笑，永远保持着乐观的态度，永远焕发着勃勃的生机。

　　当然，它也有不幸的时候，去年一个偶然的机会，我在北京妙峰山——著名玫瑰产地游玩，一大早就见到了让我伤心的一幕。当时，正值四五月份玫瑰盛开的季节，一位穿着流里流气的男子在一个高高的枝头上随手就掐下来一朵开得最大最白最美的玫瑰花。他并不珍惜，似乎连看都没看一眼，用手揉搓几下，就随手丢弃在了路旁，又朝前面枝头上的另一朵奔去。他不知道自己这一不经意的动作竟然断送了一枝鲜花的生机，破坏了这里的生态环境，让这里风景的美顿时大打折扣。

　　我紧随其后，弯腰拾起，眼睛倏忽一亮：呀，我从没有见过这么美的花朵啊！阳光下金铸玉雕，晶莹剔透，还没等我靠近鼻前，早就有一缕淡淡的清香袭来。我心里不由得为这朵花不幸的命运感到惋惜：世上的美女多命苦，难道世上漂亮的花也苦命吗？我感叹它意外地滑落到了一位村野莽夫之手，他有眼不识金镶玉，还没等这朵玫瑰完全绽放，把美送给它所钟情的人，就被他人人为地拦腰掐断、踩躏，这怎能不让人心痛呢？它来到人世间还没等完成自己的使命，却因人早早地断送了性命，多么悲惨的一幕啊！

　　忽然，我又发现花朵上还有一颗圆圆的露珠挂在上面，那分明是玫瑰委屈的泪啊！花瓣的边缘上那几个呈现出淡淡的红色小圆晕，分明是您头颅掉下的一刹那，一腔心血喷出浸染后，又让泪稀释过留下的痕迹啊！我的心一阵沁凉，感到了一种深深的悲哀：这位莽夫是那么无知，得到了玫瑰却又不知玫瑰的可贵，正如手捧着一块"玉"却又把它识为"粪土"！有句俗语说得好："仁者见仁，智者见智。"一介莽夫之所以如此这般，也就不足为奇了。

白玫瑰还有其一大特点，就是浑身长刺。它的刺长而尖，布满了整个枝条，密密麻麻。我想这一定是上天的旨意，意在保护这手无缚鸡之力的花。白玫瑰从不矫揉造作、奴颜婢膝；性情而是正直豪爽，爱憎分明。正如北方的四季：冷则冷，热则热，温则温，凉则凉，没有一丝一毫的含糊。白玫瑰的美和香，是属于有情人的，它只是在情人与情人的手上来回传递；只有情人之间才可以近距离地观赏，细细地品味和尽情地享受，而对于不懂它之人只能是"远观而不可亵玩焉"。而有的人却贪婪、心驰旁骛，无视刺的存在，偏偏要去采摘玫瑰，结果就会被那"尖尖的刺"扎得鲜血淋漓，让你付出血的代价，让你牢牢地记住这永远的痛，看你还敢不敢伸出这不义之手。这会儿，我不知道在北京妙峰山那位掐花的男子是否刺破了手，倘若真的这样，他也该猛醒了吧？

白玫瑰还有食用一大作用。它盛产于中国，作为一种农作物，花朵可以用于提炼香精玫瑰油，还可以做玫瑰酱、香草茶等相关食物，这就是它独特的魅力所在。一年四季生长在野外，风餐露宿，无人打理，任其自生自灭。汲取日月之精华，练就浑身之解数：根、茎、叶、花等均有用武之地。除此之外，它还有药用价值，《本草纲目》中早有明确记载：花味甘微苦，芳香行散，有舒肝解郁，和血调经之功效。主治胸膈满闷，胃脘、乳房胀痛等多种疾病。它从不向人类索取，甘于奉献，这种精神不正是我们人类所应该具备的吗？你伟岸，我真心地希望你能从现在起，昂起高贵的头颅，用微笑面对自己生命的轮回！

白玫瑰啊，血染的白玫瑰啊，你对人类竟有如此大的贡献，当我为你倾倒的时候，我都不知道自己的内心究竟是一种什么滋味：酸、甜、苦、辣、咸——五味杂陈。

- 枯黄里的一抹新绿 -

北国的十月，已经是秋风萧萧，天气微寒了。特别是佳木斯地区，秋尾巴短，如蜻蜓点水，瞬间就进入了冬季。

但俗话说得好，"十月里还有小阳春。"那是一个碧空如洗、风和日丽的早晨，我下楼，来到小区草坪边散步。草坪里的草早已枯黄，没有了生命体征。这景致，让人看上去多少有些伤感，因为这绿化带今年再也不能为小区环境的美化释放出油油绿意；再也不能为这里居住的人们释放出清新的氧气了。

脚步仍旧不停地围着草坪向前走着。抬起头，不经意间，我的视线突然在枯草丛中隐隐地捕捉到了一抹新绿，这是怎样的一抹绿呀！十几棵小草聚在一起，相互簇拥着。虽说叶尖已经泛黄，但它的茎叶底部，仍然顽强地挺立在那里，与寒抗争，仍然闪烁莹莹的绿光，绽放出那种对生的渴望。

这不能不触动我内心深处那根珍爱生命的神经，让我联想到了之前发生在中国台湾的一对情侣登山爱好者身上的故事——

男主人公叫梁圣岳，女主人公叫刘宸君。早前这对情侣赴尼泊尔喜马拉雅山区登山。由于山势陡峭，绵延不绝，加之这两个人对地形又不熟悉，与外界又失去联系，所以迷了路，被困到了大山里。

带去的食物和水没过几天，很快就用完了。怎么办？也不能坐以待毙啊！于是，两个人渴了就找山上的泉水喝，饿了就找野果、树叶或者一些虫子吃。这些东西只能是对延长人的生命有所帮助，但绝对提不上什么营养，有的甚至有毒，还会危及人的生命。尽管如此，他们俩仍然相互鼓励支撑着，还是度过了一个多月的时间。之后，渐渐地，两个人体力不支，都倒下了。

身处这深山野岭之中，两个人的生命之光愈发微弱，暗淡，甚至是奄奄一息。不过，他们俩并没有放弃，对生命的渴望之火仍然燃得那么热烈，放射出炫目之光。人可能都是这样，越是死亡渐近的时候，那种对生的渴望就愈发强烈。正如瞿秋白所言："生命只有一次，对于谁都是宝贵的。"

　　他们俩都已筋疲力尽，再也没有了起卧之力，就并排躺在一起，相互感觉着对方的温暖。突然有一天，女友刘宸君主动对男友梁圣岳说："如果我先死了，你就吃我的肉喝我的血，这样也能多坚持几天，说不定会等来外面的救援。"

　　男友梁圣岳听后非常感动，流着泪，说："如果我先死，你也一样，就先吃我身上的肉，喝我的血。"

　　两人就这样立下了生死之约，相互支撑着。又过了几天，女友终于没能支持住，先男友一步，含泪遗憾地离开了人世。她的男友身体也暴瘦了30多公斤，简直成了骷髅，也接近了生命的尾声。

　　就在女友死去的第三天，事情突然出现了转机，男友被山外的救援人员发现并成功获救。这时，距离他们两人失踪，已经整整过去了47天。面对媒体采访，当记者问他是什么力量让他支撑这么多天时，他只说出了短短的两个字：求生！当媒体问他这期间是否发生了怎样感人的故事时，他只说出了一件事：他们俩的"生死之约"。

　　媒体记者继续追问，在女友死后，你有过吃她身上的肉这样的念头吗？梁圣岳当即表示：当然没有！

　　多么感人的故事啊，多么悲壮的生死之约啊！走在枯草坪旁，我再次望了望那枯草丛中的一抹绿色，突然有所领悟：这个故事的男女主角，不就是枯草丛中的一抹新绿吗？在死亡面前，他们没有一点怯懦，相互鼓励着，并与之顽强地抗争！

诺贝尔说过："生命，那是自然会给人类去雕琢的宝石。"海涅又说过："生命是珍贵之物，死是最大罪恶。"既然如此，我们每一个活着的人，都应该学会与"死亡"这个恶魔进行抗争，珍惜生命这个"宝石"，把它揣在怀里，好好地保存起来。让它时刻陪伴着你，走好人生的每一步！

— 黑土情怀 —

要说人，就是一个怪物，就拿我自己来说吧！

从小进城，看到城里那数不尽的高楼大厦，夜晚的灯光，拼命要脱离生我养我的农村。长大后，这种愿望真的实现了。可忽然心血来潮，我又有一种想回农村的想法。而且这种想法，随着年龄的增长，越发强烈了起来。

农历七月十五，按照民俗被称为鬼节。所以，一般人家在这一天，都要给列祖列宗上坟添土。去年暑假，正好借着这个理由，我和妻子回了农村老家一趟。

我老家就在黑龙江的一个偏僻农村，那里现在仍住着我的两个哥哥。刚搬走那会儿，全村只有三四十户人家，房子都是干打垒，门窗破烂不堪。而今却大不一样了，当载着我和妻子的小车驶进村子时，在我们面前出现的是一排排砖瓦结构的高级平房，院落前面都有着一个个小园。纵横交错的白色路面，平坦地延伸到了每一个小院。从小院偶尔出来的人都喜形于色，有说有笑。主道外侧，是高高的白杨树，内侧是花带，清一色的扫帚梅，绽放着五颜六色的小花。微风一吹，花香四溢，飘满了整个小院，迷漫着整个村落，沁人心脾，令人心旷神怡，陶醉其中。

当年那破败不堪的样子，荡然无存，这哪里是我印象中的农村？简直就是世外桃源。

村庄的中间，有一个比足球场还要大的广场。经村民们指点，我们去三哥家正好要路过那里，顺便也见识见识这以前只有在城市里才能见到的风光。果然不凡，小车刚进村中间，就见前面有一个大大的广场。广场周围绿树环绕，一个个长方形的花池点缀其中。广场中间，有四五十个男男女女，身穿花衣，腰扎彩带，在阵阵悠扬悦耳的唢呐声中，翩翩起舞。看得出，他们把生活的美满都融进了舞姿，把幸福都挂在了脸上。一旁站着的马老大爷告诉我，自中央开展社会主义新农村建设活动以来，这里的房舍都是统一建筑的，规格完全一样。此时，看得出：农村的变化可真是天翻地覆慨而慷啊！

路过广场，我们不知不觉到了三哥家。因为在来之前，早有电话告知，所以我们人还没等进院儿，哥哥嫂子，侄子侄媳，孙子孙女一大帮就已经走出院落，老早等候在大门口。等我们一下车，这些人就有说有笑地把我们引到了一个砖房砖仓的院子里。

院落前面就是一个小园，记得我小时在农村居住的时候，就喜欢待在园子里。因为父母在世时，会在那里种上许多瓜果供我们兄弟姊妹吃。今天，一看三哥家的这个园子，让我立刻心潮澎湃，勾起了往日的记忆，激起了儿时眷恋黑土地的情怀。

跟家里人寒暄几句，我就撇下老伴儿，独自溜进了小园里。一会儿翻翻柿秧，看着有红的柿子，就摘下来，根本不用水清洗，用手擦几下，就狼吞虎咽地吃下去。那柿子好甜好甜，我知道，如今只有在农村才能吃出我小时候的味道啊！它一没上化肥，二没打农药，全是上的农家肥，绿色食品。

一会儿，又来到种瓜的地块，瓜蔓上结出了一个个圆圆的大瓜，躺在黑土地上，依偎在大地母亲的怀抱。此刻，虽说瓜还是半生不熟，但你也根本不用摘下来，故意用鼻子去闻。不经意间，丝丝瓜香就会漫不经心地钻入你的鼻内，浸润到你的肺腑，悠远绵长。会立刻让你热血澎湃，心明眼亮，让你有一种说不出道不明的惬意。

等三哥来到园里找到我时，我仍像一只馋嘴的小花猫，蹲在地垄沟里，撅着屁股，在寻找着能够供自己享用的熟瓜。

三哥看我竟像个十一二岁的孩子一样，禁不住"扑哧"一笑道："占龙，井三嫂，王二姑，还有沈平子他们都看你来了。"

我不是什么贵客，也不是腰缠万贯，更不是当官为宦。可他们都来看我，这是怎样的一种情怀啊？黑土地上养育出来的这些生灵啊，虽然风风雨雨几十年，经过世事变迁，但唯一不变的是亲情，还有那热情、宽厚、淳朴的民风。

我从地上马上站起来，也顾不上裤腿是否还沾有泥巴，就几步跳出小园，正好和来看我的亲人差点撞了个满怀。见他们手里都拿着东西，我一下子就明白了这其中的用意。

"来就来呗，还拿东西干啥呀？"我有些歉然。

心直口快的井三嫂拿着茄子，首先搭话："你们城里人都吃不上这些小园种的东西，这回让你尝尝看还是不是当年的味道？"

王二姑是我的一个表姑，年岁大了，走路也不稳，说话有些慢慢吞吞："老五啊，听说你这些年上城里混得不错，二姑没啥拿的，给你拿几个笨鸡蛋，我和你二姑父养了几只小鸡儿，啥料也没喂，这肯定和城里的不一样！"

沈平子本是姨表哥家的大儿子，我们虽然辈分不同，但年龄相仿，他一下子就把我搂住了："五叔啊！你没变样，还和走时差不多。"

"这小子真会说话，五叔头发都白了，满脸都是褶子，还能不变？"一句话，说得大家哈哈大笑起来。

我在家兄弟排行老五，这么多年人在异乡，还没谁这么叫过。可今天听了，却倍感亲切，好像人一下子又回到了当年。回到生我养我的故乡，脚踏在这生生不息的土地上，那种眷念的思绪，扯不断，理不完。

说话的工夫，二哥二嫂、三哥三嫂早已把饭菜做好，摆上了桌子，只等我们就餐了。桌子还是当年的那个实木圆桌，凳子还是当年那些实木方凳，盘里碗里装的都是今天大家拿来的菜。二嫂事先还特意杀了一只小笨鸡，二哥还跑到十多里地之外的东旱河，钓了十多条鲫鱼。菜肴还是那些菜肴，看上去，和城里的没什么两样，但质不同，都是自家土产，绿色的。气氛更不一样了，今天来的老亲少友，十好几口人，围了满满的一大桌子。吃饭时，三哥自语道："家里平时用的桌子小，人多放不下，这桌子多年都不用了，还是你们在家时，咱们用的老桌子。"

　　是啊，睹物思人，这一下子勾起了我儿时的记忆，想起了黄土坡上掩埋的二老，如果他们今天还健在，亲临这样的场面，又该是一种怎样的情境啊！

　　窗子敞开着，不时刮进一股股的穿堂风，好惬意啊！这一大桌子人，每人都有说不完的故事。席间，推杯换盏声，说说笑笑声，声声交织在一起……

－ 雪蕴情思 －

墨蓝的天空中，稀疏的星星不停地眨着眼睛，忽闪闪的，好像在冲着我笑；月亮挂在远处的树梢上，犹抱琵琶半遮面，好像面带淡淡的羞涩。我知道，天已是夕阳西下，渐渐进入黄昏了。

踏碎苍茫的夜色，叩响凛冽的寒风，在那狭长的歪歪斜斜的林荫小路上，留下了我瘦削的身影。白天，飘了一场雪，纷纷扬扬，给大地铺上了厚厚的一层。此时，脚踏在路上，脚底发出"咯吱咯吱"的响声，传入我的耳际，让我有一种说不出的惬意。

雪花——你，一会儿让风卷起来，在空中打了几个旋儿，一会儿又飘到了别处，找适合自己安身的地方去了。但此时，也有调皮的雪花，什么也不顾，刚刚飞走，转瞬间又飞了回来。一会儿撩撩我的眉，一会儿亲亲我的脸，再一会儿，或是钻到了我的脖子里。这时的你不但未让人产生凉意，倒还有几分温馨藏在里头。你们像是在撒娇，缠缠绵绵的，总是不离不弃。这一幕，像烟，又像是雾，有一种忽隐忽现的感觉。又像是一场梦，朦朦胧胧的，叫你闭目细细地品味呀，苦辣酸甜咸，竟让人说不出是一种什么滋味儿来。

一切似乎都在恍惚之间发生，叫我来不及躲闪，用手摸一摸呀，我的面目竟留下了你一个个大大小小的吻痕，圆圆的，湿湿的，如同那一口口薄薄的少女般的温唇。

于是，顷刻间，周身热血沸腾。血液顺着血管在飞奔，从心房出发，奔向了全身的每一个角落。这深情的一吻，可谓一石激起千层浪，在我平静的心海里荡起了层层涟漪。犹如恋人的炙热，点燃了我情感的火种，迸射出爱的火花。又犹如母亲的温馨，将我那颗受了伤的心，重新暖热，驱走眼前这冰冷冷的寒意。

是神的造化，还是大自然的巧夺天工？望着那被寒风卷起的你，六角形，洁白，透明，薄得赛过纸片。我再次有所领悟：是你那白晳透明的玉体，是你那轻盈优美的舞姿，征服了我！

此时，我不想让你离开我，多想把你放在我的手心里，细细地观看，让我的眼神牵着你，将你牢牢地缠绕。此时，我怕你离去，怕你丢掉，怕在这个世界上，再也找不到你。

忆往昔，365 个日夜呀！你去了哪里？有人说你去了南极的冰山，到那里安家落户；有人说你去了北极的雪地，到那里寻找自己的栖息地。可我的思绪，插上了灵动的翅膀，寻遍了世界上的每一个角落，终究没有找到你！见你不着，我只能依稀在梦里，将你苦苦地寻觅。

今天，在我的人生日历上，是一个值得纪念的日子——2016 年 11 月 22 日。我没有刻意表白，却让你一往情深地飞到了我的身边。此时，任何语言都是苍白无力的，只有目光与目光的交汇，传递着彼此间的那份爱意。

与你相逢，我滔滔的思绪啊，卷起了万丈狂澜。顷刻间，情感的大堤轰然倒塌。

此刻，我再也抑制不住内心的激动，伸出双臂，敞开胸怀，勇猛地扑向了你，拥抱了你，亲吻了你！

——我亲爱的雪花！

- 相见时难别亦难 -

　　火车过了山海关急剧加速，奔驰在一望无际的原野上。车厢内大多旅客由于旅途的疲劳，东倒西歪，有的旅客早已鼾声如雷了。等车到了河南郑州已经是第二天早晨六点多钟了。

　　待我们穿过人群，一行三人走出了火车站。突然，我的手机又响了起来，我一看又是表姐打来的："喂，你们到郑州了吗？别忘了，要到对面公交站坐通往平顶山的大巴，千万别坐外面个人拉客的，不安全，我在平顶山公交站门口接你们。"说完，表姐就挂断了电话。

　　这次，是我和妻子送小女儿到平顶山市某高校读书，顺便去看看与我们分离多年的舅妈一家。

　　按着表姐的指点，我们坐上了大巴。郑州离平顶山 170 公里左右，两个半小时之后，大巴愈发接近平顶山了。透过玻璃窗，前面连绵起伏的高山隐约可见，山顶上烟雾缭绕，在阳光的照射下，犹如远处的天边升起了一团团紫青色的乌云。此时，我微微闭上眼睛……

因为女儿从没见过她这位大姑，甚至连照片也没有见过，所以在她的脑海中，对这个不曾谋面的大姑当然没有任何印象。就连我与妻子最后一次和表姐见面距今也有 27 年的时间了。

27 年，在历史的长河中不过是转眼之间，可在人生的旅途上又是多么的漫长啊！

27 年，舅舅和母亲相继去世，舅妈领着孩子随表姐从黑龙江搬到了河南的平顶山，这是多么大的变化啊！

27 年，我不止一次心酸过，不止一次暗暗地哭泣过，不止一次因自己当年年纪尚幼，无力挽回惨淡的时局而悔恨过……

27 年，我只是偶尔在过年时才会给河南的亲人打过电话，询问一下那里亲人的情况，问问平安。总里程只用 25 个小时的时间即可跨越，可为什么还要等上这么长的时间啊？如果孩子不到那里读书，我不知还要等到何时，说不定还要把这个遗憾带到我的另一个世界……太晚了，一切都太晚了……想到这儿，我不由得心里一酸，泪水充满了眼眶。

大巴到站了，我在下车的站台上不住地搜索着 27 年记忆中的表姐。

啊，我没费吹灰之力，目光竟一下子就锁定住了表姐和表姐的表妹娟子。表姐比过去消瘦了些，脸庞的颧骨明显有些凸起，我记忆中的她那对忽闪忽闪的明眸有些混浊。27 年后的重聚，甫一相见，我们都没有太多的语言，可能也是各自的心情都太过于沉重了吧，在家、在火车上想了那么多见面时该说的话，那么激动人心的场面，可能都被再见时沉重的气氛压了下去。表姐甚至都不敢正眼看我一眼，但我早已发现表姐的眼圈已经红红的了，我知道她已经流泪了，但没有流到脸上，而是流到了心里。

"五哥，还是先去我家看看吧，我家离这儿近，前面那座楼就是。"娟子妹妹昂着头，用手指着不远处的一座大黄楼。表姐也随声附和："也行，省着明天再往回返。"

"不，"我当时拒绝了，"舅妈在谁家呢？"

表姐和娟子妹妹几乎同时说道："在小志弟弟那儿住。"

我知道小志是我最小的表弟，离开老家太平山屯时他才三四岁，在我的印象中，表弟长得明显比同龄的孩子高，走路抬脚就要跑，总是摇摇晃晃的，给人的感觉就像是个大头娃娃，头重脚轻的样子。

舅妈的样子是明晰的：高高的个子，体态丰盈，梳着齐耳的短发，是个很标准的近乎完美的东方女性，要说当年嫁给舅舅还真有点委屈了她。

舅妈现在啥样了？可能由于太久没有见面，所以一时想见面的心就更迫切。人的心里所埋藏的东西就像老酒一样，尘封的年头越多，味就越浓，从而感情就会越深厚。于是，表姐和娟子妹妹语音刚落，我便脱口而出："舅妈在哪儿我就上哪儿去，我得先看看她老人家。"

这话绝无半点虚假，是我内心真实的表露。虽然我的母亲已不在人世，但她在离世前还念念不忘她那个一奶而不同胞的哥哥，如今我所做的，是在延续她老人家的亲情；舅舅在五年前去世了，我只能把对他老人家的那份思念完全倾注到舅妈的身上。这亦是在延续孙、于两家的恩德，是在为这份不该熄灭的亲情拨灯加油，不知表姐此时是否和我有同感。

出租车左拐右拐，在一个露天小市场的路边停了下来。表姐和娟子妹妹把我们一家三口领到了一幢三层小楼的303室，显然，这就是表弟小志的家了。

打开门，我一眼就看到了舅妈，舅妈站在门里，我们站在门外，脚一时定住了似的，谁也没有挪动半步，谁也没有先逾越过去。一道矮矮的门槛，竟然阻隔了我们近30年的脚步，阻断了我们近30年的亲情。舅妈两眼直直地望着我们，半晌无语，那脸绝对是阴沉的，我清晰地看到了她的眼窝与表姐的一样红肿，还没等我们开口，那眼皮眨巴了一下，眼泪便滴溜溜地从眼角处迅速地滑落了下来。她一句虚无的客套话也没有，只是用手一个劲儿地往屋里摆，口里发出低得不能再低的声音："进来，快进来！"

舅妈明显有些驼背了，身体也发福了，头发也已完全白了。最明显的是那张青春秀美的脸早已爬满沧桑的痕迹。从前那容光焕发的精神状态变得颓唐，说也不怪，舅妈毕竟是七十又二的人了。我知道，她今天心情激动不光光是因看到了我们，而是由我们勾起了她对故去的姥姥、舅舅、我的母亲以及姨妈等亲人们的回忆。她的心里一定像是打翻了的五味瓶——酸甜苦辣咸不知是一种什么滋味。

"舅妈，您老没有太大变化，和我想象得差不多。"我首先打破了沉寂。

"还差不多？"舅妈摸了摸头发，"你们看，头发都白了。"

"可不是咋的，舅妈就是头发变化最大。"妻子见机插话。

寒暄了一阵之后，我们都在沙发椅子上落座，便唠开了家常。舅妈把老屯的所有亲人都一一地问个遍，问到动情处，偶尔耸一下肩，语音有些哽咽。我们当然也你来我往地问了在河南的所有亲人的情况，舅妈也讲述了他们搬到兰西短暂地住过一段时间后又随表姐搬到了河南的情况。当得知这里的情况要比原先预想的要好得多时，我难以抑制内心的喜悦，便脱口而出："树挪死，人挪活，没承想坏事变成了好事。什么问题都是辩证的，矛盾互相转化的，有一失就有一得。"我闪烁其词，故意隐去了过去的种种，生怕再次刺痛舅妈那颗滴血的心。舅妈的记忆力非常好，提及过去时，她说话嗓音有些哽咽，有些沙哑，当说到老辈子的事时，舅妈再也说不下去了，眼窝里泪水如滚烫的泉水，一个劲儿地往外涌。整个房间顿时变得肃静起来，好像空气都凝固了一般，大家的表情都是那么凝重，都在默默地掉泪，好像一切都定格在这一刹那间。

　　第二天早晨，小雨一直淅淅沥沥地下个不停。八点多钟，天渐渐地有些放晴，铅黑色的阴云一点一点地四散开来，太阳从云层后面露出来，射出万道霞光。大街上，穿着各式各样服装的男女老少们，不知从哪里涌了出来：逛街的，上班的，上学的，赶路的……都忙着各自的事。这时，表弟把车开回来了，把我们一家三口及时地送到了女儿求学的高校。

　　走进宽敞的校园，一切手续办完后，女儿再也抑制不住内心的不舍，手搂住她妈妈的脖颈呜呜地抹起了眼泪，她妈妈也不住地擦着眼睛："老姑娘，不要哭，你舅奶你姑姑你老叔他们都在这儿，不管咋还有个近人，赶上礼拜放假或有什么事你就找他们。"

表弟站在一旁，眼圈也红了，显然，他也被触动了。是啊，女儿暂时就要与我们分别了，你说，把她一个人留在几千里地之外，做父母的能放得下心吗？床铺得薄还是厚？寝室冷还是暖？食堂菜是咸还是淡？她在东北土生土长，冷不丁来到这里衣食住行能习惯吗？有个为难着灾去找谁？心里有解不开的疙瘩、憋闷冤屈、苦楚跟谁去诉说？这一切的一切，顿时，让我本平静的心海一时涌起了万丈狂澜。

"竟整这事，女人家。"表弟话虽然这么说，但心里也在翻江倒海，他一下子把头转向我："五哥，走，咱们到那边转转去。"

我当然明白他心里的意思，他是想尽快摆脱这五味杂陈的情感旋涡，不愿也不忍心再看一眼这离别之景。我们俩从校园门口的校训牌处走到了校园里边的林荫路上，谁的心里都不轻松，脚步很慢很慢，每挪动一步都很费劲儿，似有千斤重。沉默了片刻，还是表弟先打开了话匣子："五哥，你不要想得太多，咱们这表兄弟是一句话两句话，一时半会儿就说得清的吗？虽然咱没有血缘关系，但咱们比亲表兄弟还要亲啊！如果我爹没有我奶奶从小像亲生的那样哺养，能有我们的今天吗？我老姑（指我的母亲）和我爹是喝一个奶水长大的，奶不够吃时，我奶奶宁肯从我老姑的嘴里把奶头夺过来也要给我爹吃，这，我爹活着的时候不止一次对我们讲过，于家只是给了我爹来到这个世界的机会，可是能让他活在这个世界上，能让他后来有我们这帮儿孙后代都是多亏我奶啊！如今，我们也已经步入了中年，有了儿女，能忘了这些事吗？虽然咱们相隔几千里地，过年过节我不便回家给我奶上坟填土，但我们也没忘了我奶，我们这些晚辈都会在十字路口给我奶烧纸望空。特别是每逢过年，我们还延续东北老家的习俗，供的是'三代'，'三代'正中写的是'于孙三代宗亲'，都要给我奶特殊立上牌位。说句心里话，如果没有孙家，就不会有我们的今天。五哥，你说我说的对吗？"

听了表弟这番肺腑之言，我当时感动得一句话也说不出来，张开双臂扑向了表弟。林荫路上，我们两个男子汉紧紧地拥抱在了一起，泣不成声……

是啊，谁知道有没有神灵的存在啊！活人眼望，我知道每个人的心里都会存储着那么一份良知，这是真的。

时近中午，天完全放晴了。不过，湛蓝的天空被一层淡淡的白雾笼罩着，因而太阳的光线并不耀眼。此时，大家的心里可能都有一层类似于这薄雾的东西挥之不去。

我们该走了，小车就停靠在饭店门前的路边，送行的亲人们站

在步道板上，隔着车窗，我们向亲人们道别："保重！保重！有时间
还会回来……"

车窗里和车窗外的手握在了一起，挥手的还是挥手，让泪水不
住地流……